TOUT PASSE

du même auteur

L'Ombre de mémoire, roman, Christian Bourgois, 1990 ; Folio, 1999

Roland Barthes, vers le Neutre, essai, Christian Bourgois, 1991

Allées et venues, roman, Christian Bourgois, 1992

Le XIXe Siècle des panoramas, essai, Adam Biro, 1993

Florence, retours, roman, Christian Bourgois, 1994 ; Folio, 2000

Les Fourmis de la gare de Berne, Éditions Zoé, 1996

L'Ongle noir, récit, Mille et une nuits, 1997

The Panorama, Reaktion Books, Londres, 1999 ; Abrams, New York, 2000

Même les oiseaux, récit, Christian Bourgois, 1998 ; J'ai lu, 2000

Le Colloque des bustes, roman, Christian Bourgois, 2000 ; Folio, 2002

Un poisson hors de l'eau, Seuil, 2004 ; Points, 2007

en collaboration

Éclats cubains, récit, photographies de Jean-Luc Cramatte, Verticales/Grimoux, 1998

Die Frauen der Antike, avec Anselm Kiefer, galerie Yvon Lambert, 1999.

Doucet de fonds en combles, trésors d'une bibliothèque d'art, Herscher, 2004

Entre deux, une enfance en Ajoie, photographies de Jacques Bélat, Biro Éditeur, 2007

Triptyque de l'ongle, œuvres de Groune de Chouque, Joca Seria, 2008

BERNARD COMMENT

TOUT PASSE

récits

CHRISTIAN BOURGOIS ÉDITEUR ◊

ISBN 978-2-267-02167-7

à Christian

Allons ! vers ce qui est sans fin et n’eut pas d’origine.

Walt WHITMAN

Au marché d'Anarkali, dans la vieille ville de Lahore grouillante de petits commis, de mendiants, de marchands, de vélos et de rats, un homme accroupi tient nonchalamment dans sa main le lacet d'un filet gros de plusieurs dizaines de moineaux résignés et regarde les gens passer, sans effort particulier pour vendre sa marchandise. C'est au moment où je me demande ce qu'il peut y avoir de chair à manger sur un aussi petit volatile que mon guide, attentif à la perplexité sans doute fréquente de ceux qu'il accompagne, me livre l'utile précision : on n'achète pas ces oiseaux pour s'en nourrir mais pour les libérer. Ainsi, pour quelques roupies, vous pouvez exercer votre sens de la pitié, faire s'échapper du filet les petits moineaux, dix, vingt, c'est selon votre générosité, qui seront probablement capturés une nouvelle fois, aussitôt que vous aurez tourné les talons.

*

La mélancolie, à Cuba, est métaphoriquement désignée par le gorrión, *un moineau muet. Et c'est précisément ce silence qui le verse au compte de la déréliction, à travers l'expression* tener gorrión *(équivalent, plus poétique, de notre « avoir le cafard »), ou encore, à un stade sans doute supérieur, presque fatal,* estar engorrionado.

Flottement

Que reste-t-il d'une vie ? Qu'est-ce qui, une fois éliminés les parce que quoique donc en effet néanmoins, reste d'une vie ? De la subtile tessiture d'une vie ? Très peu de choses. Quelques moments forts, trois, quatre, cinq. Vingt peut-être, dans les existences trépidantes. On vit, au jour le jour, dans l'exagération des petits événements, j'ai fait ceci, pas fait cela, et telle démarche à entreprendre, et du retard à rattraper, des urgences à résoudre, des engagements à honorer, mais au décompte final, rien ou si peu de toutes ces années, et même décennies, qui restera. Elle nage. C'est une vieille satisfaction, chez elle, de savoir nager. D'avoir su, avant la plupart des autres élèves de sa classe, nager, ou flotter, ou simplement entrer dans l'eau sans crainte, sans l'idée de s'y noyer. Tout flotte. Sans réel effort, sans difficulté. Tout flotte, son corps, sa mémoire.

Elle reprend son souffle puis glisse la tête dans l'eau, et deux mouvements de brasse, sans même bouger les jambes ou si peu, ça flotte, elle flotte. N'importe qui serait heureux, à sa place.

Oui, à sa place. Mais c'est quoi, être heureux ? Ou plutôt, c'est où ? Dans la tête ? Dans les muscles ? Ou à l'extérieur, l'aise, la richesse, la réussite ? Les enfants vont bien. Les petits-enfants aussi. Elle les voit rarement réunis tous les huit, même à Noël, pourtant ils viennent souvent la voir, passer un week-end, presque à tour de rôle. Aucune maladie grave, ni de troubles psychiques, fût-ce une déprime. Des brus sympathiques, autant qu'une bru peut l'être, car il faut bien le dire, c'est toujours une intrusion, d'autres habitudes, d'autres goûts, d'autres façons de faire, mais elle a accepté, ça lui a même plu, certaines fois, comme une fraîcheur, un renouvellement. Personne n'a l'impérieux besoin de gagner de l'argent, ce qui n'empêche pas chacun de ses enfants d'occuper de prestigieux postes dans les affaires, dans l'industrie, la génération des petits-enfants aussi est appelée à de brillantes carrières, Julie en particulier, la fille de Maud et Marc, à la pointe de la biologie, des protocoles expérimentaux de haut niveau, très courtisée par les laboratoires scientifiques alors qu'elle a à peine vingt-trois ans. Elle était une si belle enfant dans la piscine, Maud, il y avait ses amies, ses amis, et ceux des deux garçons, peut-être moins nombreux, tout était vivant, animé, le jardinier composait de beaux massifs de fleurs, le gazon était tondu de près, elle les regardait s'agiter d'un œil amusé tout en nageant, la nage indienne à l'époque, avec une cape pour protéger sa permanente, tout flottait, exactement comme tout flotte aujourd'hui.

Le chêne perd déjà quelques feuilles, elle en a ramassé une dans l'eau ce matin, en plein mois d'août c'est curieux. La crainte lui vient qu'il ne soit attaqué lui aussi par les capricornes, comme le saule l'année dernière, il a fallu le couper, avec beaucoup de tristesse, un arbre qui avait près d'un demi-siècle, le même âge que la maison à vrai dire. Cela fera, dans onze jours, précisément neuf ans qu'elle est veuve. Jamais elle n'aurait pensé survivre aussi longtemps à Robert. Elle aurait tellement voulu disparaître avant lui. Du moins, c'est ce qu'elle a souvent affirmé, mais en est-elle si sûre ? De toute façon, à partir de quatre-vingts ans, c'est du bonus. Tout, depuis neuf ans, est du bonus. Elle flotte. L'eau est presque trop chaude. En cette saison de canicule, on préférerait quelques degrés de moins, pour sentir l'effet rafraîchissant. À vrai dire, elle ne s'en plaint pas. Tant elle déteste l'eau froide. Elle déteste, simplement, avoir froid. Depuis toujours. Depuis cette marche, toute jeune, dans la neige, le craquement de la fine plaque givrée, les pieds gelés qui ne reprendront jamais tout à fait vie, des chiens au loin, les cris, le silence, plus de souffle, la pente qui glisse, ne pas tomber, surtout ne pas tomber, et la nuit, le poids de la nuit épaisse qui enveloppe la tête, les yeux, avancer à l'aveugle, chercher un repère proche, puis un autre, improbables balises évanescentes. Elle fait un geste de la main devant les yeux, comme pour évacuer ces souvenirs qui reviennent, sans cesse, depuis si longtemps.

L'eau du bassin est renouvelée chaque nuit. Elle se demande si le fond n'aurait pas dû être repeint d'un bleu plus vif, comme autrefois, mais on lui a laissé entendre que c'était un peu vulgaire, que le gris-bleu aurait une apparence plus chic. Les garçons plongeaient dans tous les sens, avec les jambes et les bras largement écartés, ils n'avaient pas la grâce de Maud, ni celle de Julie après elle. Personne ne l'a jamais formulé. Ni vu, peut-être. Les gens s'accrochent plus volontiers aux ressemblances qu'aux différences. Par conviction de la famille, de la nature familiale, héréditaire. Et puis, la grâce, c'est tellement subjectif. Aucune pierre de touche pour la mesurer. Maud a un port de tête harmonieux, des attaches très fines, un élan dans les reins.

La piscine est silencieuse. Elle nage, sans s'ennuyer. Sans s'amuser non plus. C'est le sentiment de flotter qui lui plaît. Mais elle n'aime pas avoir le souffle court, quelque chose l'oppresse quand elle se trouve au milieu de la traversée. Vingt-deux mètres, c'est une belle longueur, dans l'angle une partie moins profonde est délimitée par une barrière, chaque fois qu'elle pose son regard sur cette barrière et sur les trois marches d'accès, elle est attendrie. Les enfants en ont tellement profité, et même plus tard, adolescents, ils entraient dans l'eau par là. Maud ne riait jamais. Des sourires, oui. De beaux sourires, une ondulation des épaules, les longs cheveux auburn et bouclés, et les longues jambes qui semblaient nier tout effort en avançant, comme si elle avait glissé, ou comme si elle avait flotté elle aussi, non pas dans l'eau, mais partout, à tout instant, aujourd'hui encore, elle flotte, avenante, douce, pour mieux masquer une inquiétude qu'elle seule, sa mère, sait percevoir. Il y a cette gêne, parfois, quand leurs regards se croisent. Chaque fois elle hésite, puis elle renonce, à quoi bon ? Les garçons se sentiraient renforcés, ils n'aiment pas Maud, ils ne l'ont jamais aimée, instinctivement, par amertume, par jalousie, eux aussi ont saisi la grâce de leur sœur, en y voyant un problème, ou une énigme.

Tout flotte, le ciel se voile quelque peu. Elle ferme les yeux en nageant, c'est vrai qu'à la fin de tous les comptes, au jour de la mort, il ne reste que trois ou quatre ou cinq événements d'une vie, et dans ces événements, pour elle, il y a celui qu'elle n'aura jamais dit à personne, et qui disparaîtra avec elle, aucune trace, aucun témoin, juste des doutes, bien vite avalés par la bouche du temps. Il faisait froid, aussi, ce soir-là, cette nuit-là, un froid sans neige, un froid de grande ville où les vents coulissent, une sale nuit de sale froid et de sale ville, puis il y eut Maud, portée par la grâce, une grâce tout à elle, les garçons ont une certaine lourdeur dans leurs gestes, une lourdeur d'esprit aussi, des héritiers trop sûrs d'eux-mêmes. Il faisait froid, très froid, un froid définitif, qui ne l'a jamais quittée. Elle est contente que l'eau soit tiède dans la canicule, elle est contente de flotter dans cette eau presque trop chaude, et de nager, seule, silencieuse, de sentir son corps léger et libre dans l'eau chaude. C'est une forme de bonheur, malgré tout.

Un fils

« Jus d'orange ». L'étiquette en caractères rouges sur fond blanc a quelque chose de fier, pour ce mélange de condensé en poudre et d'eau. C'est ce qui est détestable dans les hôtels de moyenne ou basse gamme, le petit déjeuner, ce simulacre de luxe dépourvu de toute attention pour le client. Un croissant mou, un godet de confiture, deux lamelles de fromage sous plastique, une pomme trop verte et trop lisse, parfois du raisin hors saison, comme lifté, à la peau épaisse sans saveur, et un café, là il s'agit d'une machine automatique avec un large choix, du ristretto au capuccino. Et la lumière, blafarde, des néons. J'avais demandé à ce qu'on me réveille à sept heures, le téléphone a sonné, j'ai dit allô, c'était un message automatique, on a toujours l'air un peu bête devant un dialogue avorté, surtout le matin quand on a peu dormi.

Le notaire m'avait prévenu, cela n'a aucun charme, mais vous serez près de tout, du cimetière, de la maison, si vous prenez une chambre qui donne sur cour, vous n'aurez pas trop de bruit, le périphérique est tout de même assez loin, et à cette saison on n'ouvre pas les fenêtres, avait-il ricané. Depuis une heure environ, il pleut, avec un ciel bas, tout est sombre. La cérémonie a lieu à dix heures. J'aurais voulu obtenir un parapluie à la réception, la dame a eu l'air étonné, non monsieur, nous n'avons pas cela, en fait elle voulait me dire ce n'est pas un palace, ou débrouillez-vous, et pas la peine de chercher un magasin qui en vende, j'ai donc marché sous le crachin, en empruntant autant que possible les petites rues. Quand je suis arrivé à l'entrée du cimetière, il était trop tôt, beaucoup trop tôt.

J'ai traversé les allées au milieu des tombes, pensant prendre la sortie opposée, dans ce long rectangle serré entre les voies du périphérique et les boulevards des Maréchaux, mais la deuxième porte, noire en fer plein, était fermée, j'ai dû revenir sur mes pas et longer ensuite l'extérieur du mur d'enceinte, jusqu'à la porte de Châtillon où j'ai enfin trouvé des journaux. Je ne peux pas commencer la journée sans avoir lu le journal, les résultats sportifs, les grands événements politiques, le programme du soir à la télévision, comme une assurance contre l'ennui, mais je me suis vite dit que ce ne serait pas convenable, d'assister à l'enterrement de son père avec un journal dans la poche. J'ai balayé d'un regard rapide les gros titres, les informations générales avaient du retard sur ce que j'avais entendu à la radio en me réveillant, la page sportive était sans intérêt, j'ai discrètement jeté le journal bien replié dans une poubelle en plastique vert transparent qui flottait au vent. Il n'y avait plus que dix minutes à patienter, le rendez-vous était à l'entrée, je n'ai pas voulu assister à la levée de corps, de toute façon j'aurais été seul, à quoi bon.

C'est en 1998 qu'il a décidé de venir vivre ici, pour la commodité du rez-de-chaussée, m'a indiqué le notaire, il ne vivait qu'en bas, l'étage servait à entreposer des affaires, cette maison était une bonne opération, et il se moquait de ne plus être au centre de Paris, de toute façon il ne sortait plus beaucoup, le fait d'avoir un garage attenant à la maison l'avait décidé, vous en tirerez un bon prix, le marché a redémarré, la banlieue sud est devenue très chic, il y a des gens célèbres dans les environs. Je lui ai répondu qu'on allait déjà enterrer mon père, pour le reste on verrait après, ce doit sans doute être la première fois que j'emploie à haute voix cette expression, « mon père ». Le notaire a bien compris, mais il a tenu à préciser, les dispositions sont claires, tout vous revient, nulle contestation possible, il n'avait plus personne dans sa famille, vous êtes le dernier et unique représentant. J'ai pensé que ma mère aussi était la dernière, à l'époque, elle était la dernière dès son enfance, orpheline à trois ans, mal nourrie, anémique et gracieuse, d'une beauté cassable, terriblement cassable, et il était bien placé pour le savoir.

Le corbillard a démarré, une élégante Mercedes break, la barrière rouge et blanc s'est levée, j'ai suivi, au pas, la concession n'est pas très loin sur la droite. Quand le notaire est arrivé je l'ai aussitôt reconnu, forcément, nous étions seuls avec les deux employés des pompes funèbres, mais aussi parce qu'il avait le visage de sa voix, et l'imperméable de son visage, me suis-je murmuré à moi-même. On aurait pu faire venir un curé, ou un ancien collègue, les chirurgiens ont toujours des anecdotes à raconter, ils se considèrent tous comme des sauveurs, à jouer avec la limite entre vie et mort, mais il semble qu'il ne fréquentait plus personne depuis trois ou quatre ans, un isolement absolu, même à moi il avait cessé d'envoyer ces lettres pathétiques qui arrivaient plus ou moins tous les cinq ans, les souvenirs, les regrets, combien il avait aimé ma mère, et combien ça avait été plus fort que lui, je la lui rappelais trop, il ne pouvait plus supporter, j'avais toutes les raisons de lui en vouloir, pourtant il aurait aimé me retrouver, en savoir plus sur moi, sur mes études, sur ma vie à présent, la dernière lettre doit remonter à 2002, d'une écriture trop forte qui s'enfonçait dans le papier, à la pointe Bic, comme une ordonnance, contrairement à ce qu'on avait peut-être pu me dire il ignorait les risques, ou la gravité des risques, elle voulait à tout prix un enfant, seule la maternité donnerait sens à sa vie, les métiers de santé sont rarement une vocation, malgré ce qu'on prétend, c'est surtout un gagne-pain, ou une façon de conjurer des peurs, mais elle, c'était un engagement absolu, cet acharnement à ce que la vie se transmette, à ce que les destins se poursuivent, il faisait des phrases, comme ça, une sage-femme exceptionnelle, qui voulait connaître cette expérience, il doutait qu'aucun enfant au monde eût été plus désiré que moi, ce larmoiement me dégoûtait, et ensuite, pendant cinq ans, silence, plus de nouvelles, plus la moindre lettre. C'est vrai qu'avec Carole et les enfants nous sommes partis à l'étranger, en 2003, sans laisser d'instructions pour faire suivre le courrier. Mais je doute qu'il ait écrit. Je suis sûr qu'il avait laissé tomber.

Le notaire m'a accompagné jusqu'à la sortie du cimetière, il était garé non loin, et au moment de prendre congé il m'a dit vous avez observé que la concession est prévue pour deux personnes, votre père y tenait beaucoup, je ne sais pas quelles seront vos intentions, et ce n'est pas le moment, quoi qu'il en soit la redevance est payée pour très longtemps, vous connaissez votre père, il aimait planifier à long terme, ne dépendre de personne. J'ai répondu sèchement que non, je ne connaissais pas mon père. On ne garde pas de souvenirs de ses quatre premières années. Ou tellement flous.

J'ai rejoint le boulevard Brune, inexplicablement calme à cette heure avancée de la matinée, en pleine semaine. Une rame de tramway est passée, presque silencieuse. Puis quelques voitures, à une allure modérée. Je marchais d'un pas nonchalant, sans but précis, dans le vide des heures à venir. Une nouvelle rame de tramway s'avançait vers moi, avec un petit carillon. Un étrange carillon, peu en phase avec la modernité du véhicule. Cela m'a rappelé la camionnette du laitier, autrefois, chez ma tante, en Suisse, celle qu'on appelait ma tante, par une curieuse convention, elle aussi est morte, il y a quelques années, au bord d'un lac, je crois qu'elle a été heureuse dans la fin de sa vie, seule, à siroter des apéritifs et à regarder la télévision, ou à faire des puzzles, elle m'écrivait chaque semaine, j'allais la voir trois ou quatre fois par an, puis les enfants sont nés, nous sommes partis loin de l'Europe, sans prendre de nouveau contact au retour, après un certain temps cela aurait été trop difficile, j'ai appris sa disparition par une voisine à qui elle parlait souvent de moi, de ma famille, avec fierté. Je prenais le bidon en fer-blanc et descendais les escaliers quatre à quatre, dès que retentissait au loin le strident carillon, pour ne pas rater le passage, et j'aimais le bruit de la louche qui puisait le lait dans la grande boille, c'était le terme employé là-bas, la boille, il y avait un marchepied en acier à l'arrière de la camionnette, pour permettre aux enfants de hisser leur petite tête jusqu'au comptoir, on tendait la pièce, puis on glissait l'éventuelle monnaie dans sa poche, selon une coutume tacite, ça faisait un peu d'argent pour des friandises, parfois des sucettes, le plus souvent des chewing-gums.

Le petit cimetière hongrois était étrangement beau le jour où j'y suis allé, je venais d'avoir dix-huit ans et le permis de conduire, c'était vers la fin du printemps, ma tante m'avait donné accès à mon compte en banque, des réserves suffisantes pour continuer des études, de longues années d'études selon les instructions de mon père, j'avais pioché dedans pour ce petit voyage. Il y avait des arbres partout à l'intérieur, audelà c'était la forêt, une grande forêt de feuillus graciles dans le vent, comme une sonate des âmes. En dessous du nom de ma mère se trouvaient les deux dates, 1953 et 1978, dans un grand carré où se côtoyaient les autres membres de la famille, ses parents nés en 1934 et 1935, morts en 1956, des oncles, des tantes, les grands-parents du côté paternel. J'avais pensé que j'aimerais bien être enterré là, aussi, un jour, auprès d'elle dont j'étais en quelque sorte le prix et avec tous ces gens que je n'ai jamais connus, mais plus tard, il y a quelques années, avec Carole, nous avons découvert le cimetière de Tadoussac, tout près d'où nous résidions, sur la rive gauche du Saint-Laurent, et là aussi je me suis dit que ce serait agréable, ou paisible, d'y finir ses jours, avec les petites stèles surmontées de tuiles rouges, comme si cela avait la moindre importance. Mais ici à Montrouge, dans ce terrain étranglé entre les immeubles HLM et le périphérique, non merci.

Le notaire a insisté, il fallait que je garde les clés de la maison, il en avait un double au cas où. Je devrais au moins y passer, me faire une idée. Le porte-clés est prolongé par une boule de fer, qui pèse dans ma poche de veste. J'ai commandé une raie aux câpres, la brasserie est presque pleine, des petites vieilles seules elles aussi à leur table, ou des couples peut-être illégitimes qui s'embrassent par-dessus les verres de vin, et des gens en affaire, c'est un monde ancien qui perdure. Ma mère ne pouvait pas avaler la moindre bouchée de viande, paraît-il. Je n'ai que des souvenirs de ce genre. Ou non, pas des souvenirs, plutôt des informations, glanées çà et là. Les lettres que je recevais de lui ne comportaient aucun détail concret. Il m'a fait envoyer un jour, peu après mon mariage, quelques photos, dont une de ma mère, aux longs cheveux noirs mais quelques-uns déjà gris semble-t-il, à moins que ce soit un défaut de l'image, un long nez très fin, une assez large bouche à fines lèvres, elle porte une robe écossaise dans les rouge vert jaune, les couleurs sont un peu passées, c'est un polaroïd, ses épaules sont maigres, osseuses, les cernes sous les yeux sont un récipient de tristesse, pourtant il y a une énergie en elle, une force évidente, peut-être une joie, quelque chose de très enfoui mais de joyeux, j'aime cette photo que je transfère d'année en année dans le nouvel agenda, voilà peut-être la raison pour laquelle je ne veux pas de tablette électronique, pas même l'iPad que Carole m'a offert juste avant ce voyage, elle avait chargé deux ou trois films, pour tuer l'ennui, et des photos des enfants, celles des dernières vacances, on dirait que nous sommes heureux, que des jours paisibles nous attendent.

Il devait forcément connaître les risques qu'elle encourait, elle l'avait consulté parce qu'il avait bonne réputation, c'était un ponte, un grand ponte, dans un domaine un peu différent mais il inspirait confiance, on parlait beaucoup de lui, certains lui attribuaient des solutions inespérées, alors elle avait fait des pieds et des mains pour obtenir un rendez-vous, c'est comme ça qu'ils se sont connus, car elle travaillait dans un autre service, et même un autre bâtiment, aucune chance ou presque de se croiser par hasard. Il lui avait fallu attendre des mois, jusqu'à la rencontre décisive. Son désir si intense d'enfant a dû le toucher, ou a subitement rencontré en lui un désir identique, un de ces faux désirs qui naissent spontanément et s'entêtent à devenir réalité, contre vents et marées, sa fragilité à elle, son âge à lui, cinquante-trois ans, et bientôt les noces, une cérémonie discrète, peu d'amis, essentiellement des collègues, ce mélange de professeurs et d'infirmières qui ressemble à un cliché. Quelques mois après elle tombe enceinte. Le cadeau, le destin. Je ne sais pas très bien comment il s'est débrouillé pendant les trois ou quatre ans où il m'avait avec lui, où j'étais là, où nous étions ensemble, des nounous j'imagine, ou des baby-sitters, dont quelques-unes qui finissaient peut-être dans son lit, ma tante disait toujours, c'est un homme séduisant, on ne lui refuse rien, le pouvoir du chirurgien, un pouvoir financier et métaphysique, je ne comprenais pas ce terme, dans ma tête d'enfant ou d'adolescent, je ne suis pas sûr de vraiment le comprendre aujourd'hui, c'est un mot qui fait un peu peur.

En sortant de la brasserie, il ne pleuvait plus, mais le ciel semblait bas, très bas, avec une légère brume qui s'installait. J'ai hésité à prendre l'avenue Jean-Moulin, finalement j'ai préféré la bruyante et chaotique avenue du Général-Leclerc, on dirait que la libération est venue par le sud, alors que le débarquement a eu lieu à l'ouest, et même au nord-ouest de Paris, j'étais perdu dans mes réflexions quand tout à coup le calme m'a frappé. Autour de moi, plus de circulation, des gens à l'arrêt, saisis d'effroi, et juste les gyrophares muets de deux ambulances l'une en face de l'autre et de deux camions de pompiers garés en travers des voies. J'ai d'abord vu le squelette d'une moto qui fumait encore sous la mousse carbonique qui le nappait d'un gris terne, puis le brancard surélevé que deux pompiers emportaient vers l'arrière de leur camion, sans plus aucune perfusion ou autre signe de combat pour la survie. Ils venaient d'abandonner, visiblement, et débarrassaient le corps enveloppé d'une couverture en métal doré et recouvert d'une sorte de bâche sur les jambes. Tout était silencieux, les infirmiers avaient un air hagard dans le froid, l'un d'eux grimaçait, des policiers prenaient des mesures, faisaient des constats autour d'une voiture dont l'avant était arraché, et tout à coup j'ai ressenti la mort, le poids brutal et soudain de la mort, avec tristesse, accablement, et une forme de compassion, une profonde compassion pour ce monsieur qu'on glissait à l'arrière d'un camion de pompiers et qui avait peut-être mon âge et lui aussi des enfants et un mouvement idiot, la mauvaise décision, le risque inutile, un déboîtement, clac, c'était fini en quelques minutes. J'ai eu peur, sur le trottoir. Peur de marcher, peur de traverser les rues, peur des bruits qui reprenaient petit à petit à mesure que j'approchais du périphérique. J'aurais voulu acheter un petit quelque chose pour les enfants, et pour Carole, mais je n'avais plus la tête à ça, je ne pensais qu'à l'accident, à la femme fatale de certains destins, à la femme qui était peut-être en train de recevoir un appel téléphonique qui serait suivi par l'effondrement d'une vie, d'un projet partagé de vie. J'avais presque les larmes aux yeux, mais c'était le froid, un vent froid qui coulissait et serait bientôt accompagné de pluie, voire de neige, c'est ce qu'ils annonçaient ce matin à la météo.

J'ai appelé Carole de mon portable, cela me faisait du bien de retrouver sa voix, les enfants jouaient derrière, j'entendais leurs rires, leurs cris, je ne savais pas très bien quoi dire. J'ai parlé de l'enterrement, de mon malaise face à tout cela, la maison, elle m'a dit laisse tomber, renonce à l'héritage, on peut renoncer, je me suis renseignée, tu refuses, après tout tu as bien le droit, il ne s'est pas gêné, lui, ton père, tu ne lui dois rien, on n'a pas besoin de son fric, ça m'a surpris qu'elle emploie ce mot, non pas en tant que tel, mais par ce qu'il révélait de hargne, de violence même, elle qui est pourtant si mesurée, bienveillante avec les gens, je lui ai répondu que je l'appellerais en fin de journée, pour l'heure je voulais me reposer, j'avais mal dormi la nuit dernière.

En arrivant à l'hôtel, sous la pluie revenue mais encore légère, il y avait un message du notaire, il fallait que je le rappelle. Sa secrétaire m'a dit qu'il était occupé, qu'elle lui laisserait un message car elle-même devait s'absenter plus tôt aujourd'hui, son fils à récupérer. J'ai allumé la télévision, sans vraiment regarder, je passais d'une chaîne à l'autre. Je me suis presque assoupi, et quand le téléphone a sonné, que j'ai répondu, j'ai senti à sa voix que le notaire était gêné, qu'il ne savait pas comment me le dire, c'est un secret, je ne devrais pas faire état d'une démarche qui n'a aucune valeur légale car les pièces n'ont jamais été portées au dossier et ça ne changerait pas forcément grand-chose, personne n'est au courant, mais enfin, j'ai pensé que je devais vous en faire part, car je vous ai trouvé très dur ce matin, très fermé, alors voilà, votre père avait fait réaliser des tests, je ne sais pas exactement en quelle année, ni sur quelles bases, vous étiez très petit, c'est quand vous viviez encore chez lui, et ces tests, comment dire, ces tests changeaient beaucoup la donne, je pense qu'il n'a pas supporté, ça devenait impossible, n'est-ce pas, en tout cas il ne le supportait pas, vous n'y étiez pour rien, bien sûr, il vous a d'ailleurs maintenu comme héritier, son seul et unique héritier, comme vous le verrez, ce qui fait de vous un homme relativement riche, vous pouvez me croire, et donc, je crois que c'était important que vous le sachiez, après, vous ferez ce que vous voudrez, ce n'est plus mon affaire. J'ai raccroché doucement le combiné.

La raie ne tient pas au ventre. J'ai faim, mais il est encore tôt pour dîner. Je vais d'abord dormir un peu, dans l'obscurité de la chambre, avec le bruit de la pluie contre la baie vitrée.

Hors-jeu

Les panthères noires, indifférentes à tout appel, dorment, affalées contre un tronc, négligeant l'épais morceau de viande qui leur a été jeté peu auparavant. De même le léopard, seul dans sa cage, ignorant le monde qui défile, promeneurs du dimanche après-midi, familles qui s'étirent et se regroupent le long des allées, cherchant l'ombre ou cédant à la séduction d'un kiosque à glaces et rafraîchissements. Au loin, le vaste préau des lions, séparé par une profonde fosse, semble plongé dans une molle torpeur, seule une femelle passe d'un coin à l'autre, suivie d'un lionceau au pas encore maladroit. J'aime, dans un jardin zoologique, le spectacle des fauves, porteurs d'une mélancolie menaçante, plus ou moins impatients du jour où les barreaux tomberont, où les écarts seront comblés. Le puma, lui, dérangé dans son repas par des apostrophes moqueuses, s'anime brusquement, l'échine tendue, grognements rauques, crocs libérés sous les lèvres retroussées, bave écumeuse, il glapit à plusieurs reprises, majestueux et fier, avant de s'attaquer une nouvelle fois à l'os charnu qu'il secoue dans sa gueule, tord entre ses pattes, prend et repousse, afin d'en arracher laborieusement, mais non sans un évident plaisir, quelques lambeaux. Vient ensuite la collection des tigres, à deux par habitacle, des couples peut-être, certains des Indes, aux yeux ronds et puissants comme des billes de café, d'autres de Sibérie, pelage ras et baroque, qui tournent en rond dans l'attente d'une pitance qui ne leur a pas encore été servie : sans doute les effluves de la nourriture voisine aiguisent-ils leur appétit.

Je me promène depuis de longues minutes devant l'enfilade des cages, incapable de quitter cette sauvagerie prête à jaillir, partagé entre mon admiration et un sentiment de malaise face à cette liberté volée, ces élans niés. Il y a quelques jours, notre président me disait combien le révoltaient les limitations de vitesse sur les autoroutes, qui lui interdisaient d'exploiter les capacités de sa voiture de sport, une Ferrari de modèle rare, imaginez-vous, je passe la troisième et je suis déjà en infraction, sans même appuyer vraiment sur la pédale des gaz, c'est rageant, j'ai l'impression d'être un fauve en cage, j'avais envie de lui répondre qu'à cent trente ou à deux cent cinquante kilomètres heure, c'était de toute façon dans une cage qu'il se trouvait, un petit caisson rutilant et luxueux, sièges ergonomiques en cuir de chevreau, tableau de bord électronique sur fond de bois exotique, que sais-je encore de sophistications en tous genres, mais un caisson malgré tout, un misérable caisson d'illusions vaines. J'aurais dû l'inviter à venir ici, face aux tigres, soutenir leur regard, tenter d'en pénétrer le mystère, de comprendre ce qu'ils éprouvent. Il faut pour cela rester longuement, impassible, et faire abstraction des autres visiteurs, du brouhaha, de l'excitation qui gagne enfants et adultes à l'approche des félins, et une fois seul, véritablement seul face aux tigres, capter leur regard, qui bientôt se détourne, abandonne, soit que le duel leur semble par trop faussé, avec les épais barreaux qui éloignent toute perspective de confrontation, soit par lassitude, tant il y en a eu, de ces paires d'yeux s'essayant à une bravoure sans risque, ou à un défi gratuit. Mais on ne tient pas de tels propos à un président, riche et puissant, fier de l'être. Pas plus qu'on ne l'amène au jardin zoologique, puisqu'il possède déjà son propre parc d'attractions, coûteux, aléatoire, dont les prestations sont le baromètre de sa gloire.

Pour la deuxième fois en l'espace de dix minutes, une clameur s'élève, en provenance du stade, qui pourrait signifier un but à notre actif, ou une belle occasion manquée d'un rien, il est difficile d'interpréter les réactions de la foule dans leur écho amoindri, les intensités finissent par se ressembler. Seize heures trente-six. Il ne doit plus rester que neuf minutes, à moins que l'arbitre n'ajoute les arrêts de jeu, la partie a été correcte, elle l'est sans doute demeurée jusqu'au bout. Jamais je ne m'étais rendu compte que le jardin zoologique était si proche du stade. Par les petites rues, à pied, j'ai mis moins de dix minutes. À vrai dire, je ne suis pas sûr d'avoir emprunté le trajet le plus court, ni d'avoir eu tout de suite le projet de venir ici, revoir ces animaux, les fauves surtout, mais aussi les éléphants, africains ou indiens, et les rhinocéros, lourds et pourtant souples, presque dansants sur leurs pattes à coussinets qui les font se déplacer sans bruit, dans le luxe inutile de leurs peaux superposées et de leurs cornes élimées, ou encore l'hippopotame, masse informe et boueuse, cuir épais, gras, et ce vaste museau rose, comme trop abrasé. À côté des tigres, avant les coyotes, un ours blanc, selon un étrange voisinage, repose sur le ventre, sans impatience à l'approche du dîner. Les deux panthères noires sont toujours enveloppées dans le même sommeil immobile. Les lions s'agitent mollement au loin, quelques nuages sont apparus, qui voilent le soleil, la brise s'est levée, comme il arrive souvent ici, brusques variations du temps. Les hivers sont cléments, mais la météorologie n'est jamais sûre, des perturbations peuvent survenir à tout instant, ou une épaisse brume qui monte du Tage et vient remplir les petites ruelles de la Ville Basse, plus rarement celles du Château.

Des lions en cage. C'est l'expression favorite du président pour parler des joueurs, lors des points de presse. Une cage dorée, tellement dorée. Certains d'entre eux, les plus jeunes, polis et respectueux, gardent la fragilité de l'enfance dans leurs yeux grands ouverts sur le rêve en train de s'accomplir, tenaillés encore par la peur de mal faire, ou de ne pas être acceptés, mais la plupart ont très vite perdu cette étincelle naïve et n'ont plus d'autre aspiration que ressembler le mieux possible à leurs patrons, voiture de sport à multiples accessoires, montre de luxe, bracelet en or, vêtements des meilleures boutiques avec des pantalons dont l'élégance rebondit comme elle peut sur des jambes courtes, cintrées, trop musclées.

Nous sommes supposés faire partie d'une famille, avec ses couleurs, son histoire, sa salle des trophées, un club au riche passé, avec des périodes glorieuses, tête de pont en Europe de la fantaisie brésilienne ou des rugissements africains. Le président avait insisté, c'était un honneur pour moi, et une lourde tâche, de reprendre en main un flambeau si blasonné, à mon âge, sans véritable expérience, du moins pas en tant qu'entraîneur, et surtout pas à ce niveau, il fallait inculquer un esprit moderne au club, insuffler un nouvel élan à l'équipe, c'est pourquoi il avait choisi un entraîneur jeune, prônant une tactique audacieuse, les résultats seraient bientôt au rendez-vous. Il avait, pour cela, consenti d'importants sacrifices financiers, acquis plusieurs joueurs étrangers de renom, selon mes désirs et mes indications. La balle était dans mon camp. Toujours des histoires de balle et de camp, de victoire et d'adversaire. Vingt-deux ans de carrière, quelques allées et venues à travers le continent, et chaque fois le retour, ici, dans la grande famille.

En sortant du jardin zoologique, j'ai gagné la station de métro de Sete Rios, au milieu de la place, vaste souterrain tapissé d'*azulejos* réalisés par un peintre contemporain, de nombreux articles ont couvert l'événement, il y a quelques semaines, au moment de l'inauguration, en présence des autorités nationales et locales. Des silhouettes d'animaux, jaune, vert, bleu, de grands motifs floraux aux tons pastel, tout cela ne manque pas de charme. Les travaux d'aménagement de la station ne sont pas encore terminés, on devine l'emplacement des futures boutiques, les couloirs sont spacieux. Je n'ai pas pris le métro depuis des années. Il aurait été compliqué de récupérer ma voiture en sortant du stade, je la gare chaque fois dans le parking privé du club et, comme je suis un des premiers arrivés, il est probable que Fernando aura stationné une ou deux autres voitures derrière la mienne, il a bien sûr les clés, il garde tous les trousseaux dans sa poche, quand il ne les laisse pas simplement sur le tableau de bord, mais précisément, il m'aurait demandé des explications, se serait inquiété, si j'allais bien, si j'avais besoin d'aide, ou une urgence, quelqu'un de ma famille. Personne ne connaît rien de ma famille ici, embargo total sur tout ce qui touche à ma vie privée. Au début les journalistes m'en ont voulu, puis ils se sont habitués, mais je me doute bien qu'ils ne seraient pas mécontents de me voir remplacé par quelqu'un de mieux intégré, qui joue le jeu sans réserve. Ils m'ont toujours plutôt soutenu, mais je les agace, ce qui est peut-être la condition d'un respect minimal de leur part, et de leurs lecteurs, et des spectateurs qui s'entassent sur les gradins, toujours prêts à s'en prendre à l'entraîneur à la moindre déception, à la moindre contre-performance, et ils veulent du spectacle en prime, le résultat et la manière, autre formule fétiche du président, encore que le résultat lui soit beaucoup plus sensible, il sait faire ses comptes, tandis que le public est sincère dans ses élans de générosité, il pousse à l'attaque, il faut constamment lutter contre ses aspirations irraisonnables, mais là, j'ai pensé que ce serait juste, pour une fois, de contenter tous ces gens, d'aller même au-delà de leur désir. Rien n'appelait ce changement, ni blessure ni nécessité tactique, nous menions déjà un à zéro, avec le match bien en main, inutile de prendre des risques inconsidérés, sauf que le petit Renato ils l'aiment bien, les abonnés des gradins, c'est un jeune du quartier de Benfica, il a une course élégante, une bonne détente aussi, un excellent jeu de tête, et le sens du but, à l'affût d'un ballon pourri, d'une trajectoire à couper, d'un centre inattendu ou d'un contre. Il n'a pas encore dix-huit ans, on lit la peur dans ses yeux, dans le sourire aussi, la tactique lui demeure un effort incompréhensible, il amoindrit l'assise défensive de l'équipe, mais je voulais faire une fleur aux fidèles des gradins, avec Renato le spectacle était garanti, cinquante-deuxième minute, il se chauffait depuis la reprise, de toute façon il est doté d'une musculature très fine, et il fait chaud, pas de risque de claquage, il gambadait avec impatience le long de la ligne de touche, pas trop près des grillages et d'un public dont il se sait apprécié mais qui l'intimide, il me lançait à tout instant un regard incrédule. Quand j'ai fait procéder au changement, que j'ai sorti un défenseur pour l'introduire, lui, l'avant-centre, le félin, il y a eu un murmure d'aise dans le stade, pas trop fort parce que les gens étaient tout de même étonnés, mais ils appréciaient, en connaisseurs qui retenaient leur souffle.

Une clameur au loin marque la fin du match. Je presse le pas. Il y a encore peu de monde dans la rame du métro, au bout de quatre stations je sors pour le Rossio. La gare est en travaux, les grands trains internationaux ne partent plus d'ici depuis longtemps, mais le hall a conservé l'atmosphère des grands départs, avec les services attenants à la gare d'une capitale. Je cherche un lavabo, pour me couper la moustache avec le rasoir acheté au passage dans un bureau de tabac, non par crainte d'être reconnu, mais par un brusque désir de changer de tête, d'apporter une modification notoire dans mon existence, fût-ce par une décision aussi dérisoire que renoncer à la moustache. À l'époque où j'étais étudiant je m'efforçais de changer régulièrement quelque chose dans mes goûts et mes habitudes. C'est peut-être ce qui m'a manqué ces dernières années. Je me suis laissé engluer dans le rituel immuable des championnats qui se répètent, des coupes qui s'interrompent plus ou moins vite, programmation de la saison, préparation des matchs, puis décrassage musculaire, ensuite le commentaire et l'analyse, avec modifications de l'équipe, retouches apportées au contingent, observation des adversaires, rapports, prévisions, tout un train-train dans lequel les goûts personnels entrent peu, et à chaque saison on remet les compteurs à zéro, dans l'espoir de faire mieux, ou aussi bien si l'on a déjà obtenu le maximum, mais à quoi bon ? Il ne manque pas un seul trophée dans la salle d'honneur de Benfica, depuis longtemps. On ne peut que répéter tel exploit, tabler sur l'effet de nombre. Et même s'il en manquait un, de trophée, ça n'aurait pas forcément de sens de se donner toute cette peine pour aller le chercher. C'est beau, l'élément manquant d'une collection.

La lumière du lavabo, glauque, vaguement orangée, éclaire mal le visage. Je coupe les poils une première fois avec les ciseaux de mon couteau de poche, acheté en Suisse, à Genève, un jour d'attente avant une rencontre de coupe européenne, nous étions logés dans un grand hôtel international, un peu à l'écart de la ville, comme le plus souvent lors de nos déplacements. Ensuite je m'écorche la peau avec le rasoir, le poil est trop dru après une si longue pousse, j'aurais dû attendre demain et me rendre chez le barbier derrière la place Figueira, un gars de Madère qui tient boutique depuis plusieurs années, admirateur inconditionnel de Benfica, mais je n'avais pas envie d'attendre jusqu'à demain, la décision s'est brutalement imposée à moi dans le métro, alors que je me regardais dans le reflet de la vitre, dernier tronçon sous Avenida da Liberdade. D'ailleurs les écorchures ne sont pas profondes, elles vont cicatriser à peine je serai à l'air dans la rue. Sur le banc de touche, j'ai pris la manie de me rouler le bout droit de la moustache, pour calmer les nerfs, ou garder patience, ou pour m'extraire de l'excitation ambiante afin de réfléchir aux bonnes solutions, aux consignes à hurler du bord de la ligne, quoique je n'aime guère m'égosiller ainsi. Le geste m'est revenu à l'instant, dans l'escalier roulant qui descend vers Praça dos Restauradores, j'ai croisé le regard d'une vieille dame qui n'était pas sans ressemblance avec ma mère, je n'ai jamais aimé rencontrer une connaissance par hasard, dans la rue, l'affabilité spontanée et hypocrite que cela appelle, mais là, tout à coup, j'aurais eu très envie de la rencontrer, ma mère. Pas forcément de parler avec elle, elle n'a jamais beaucoup parlé, simplement pour lui montrer mon visage sans moustache, et pour lui signifier que j'étais sorti des rails, à mon tour, car c'est bien ainsi qu'ils commenteront l'événement, demain, dans les journaux ou à la radio, j'ai déraillé, j'ai raté l'aiguillage. Quelques dernières consignes au petit Renato prêt à entrer sur le terrain, c'est son troisième match officiel, les fois précédentes c'était contre de petites équipes, le résultat une fois creusé, j'essayais d'imaginer ce qui se passait dans la tête des journalistes à l'annonce de ce changement, ou dans celle du président, le résultat et la manière, quelle bonne blague, il devait paniquer, une victoire aujourd'hui nous rapprocherait sensiblement du titre de champion, alors que le score nul remettrait tout en cause, sans parler d'une défaite, catastrophe inimaginable, je pensais aussi à cette amie de l'époque de Coimbra qui ne pouvait comprendre ma passion pour le football, la jugeant incompatible avec mes goûts pour la musique, classique en particulier, elle s'ennuyait le dimanche et avait fini un beau jour par ne plus m'adresser la parole, en mesure de rétorsion, quand je l'ai croisée, des années plus tard, dans la Rua Escola Politecnica, à la sortie de la Faculté des sciences, elle ne m'avait d'abord pas salué, soutenant mon regard sans desserrer les mâchoires, puis nous

nous sommes retournés l'un sur l'autre au même moment, déjà à dix mètres de distance, nous avons souri, elle a secoué la tête, puis chacun est reparti dans sa direction, sans jamais plus nous revoir, j'étais de nouveau assis sur le banc, tapant sur l'épaule du joueur qui venait de sortir, en lui recommandant de passer un survêtement, cela n'avait aucun sens tant il faisait chaud dans le stade bondé, les notes d'une sonate de Schubert me revenaient en tête, pour piano et violoncelle, l'allegro moderato initial, ç'a été une grave erreur de ne plus avoir de piano à la maison sous le prétexte que je n'avais pas le temps de m'y exercer, j'aurais pu l'installer face à la mer, dans l'appartement mis à ma disposition par le club, et jouer les morceaux du passé. Quand j'ai un air dans la tête ça peut durer des jours et des jours. Sans m'en rendre compte, je me mets à chantonner le morceau de Schubert en parcourant la Rua dos Douradores, le violoncelle semble prendre appui sur le piano pour dessiner son fragile motif, puis les deux instruments se rencontrent, se relancent, Renato à son premier ballon a fixé toute la défense d'une habile feinte de corps avant de décocher un tir brossé qui a frôlé le montant droit du but adverse, la fête commençait, le stade s'enflammait. Mon regard a balayé distraitement les tribunes et toute l'enceinte du stade, il s'est arrêté un instant sur le grand panneau électronique qui indiquait la cinquante-cinquième minute de jeu, j'ai encore pensé que ce serait beau si le petit Renato pouvait y inscrire son nom par un but, pour son premier grand match au stade de la Luz, et je me suis levé lentement, comme j'aurais fait pour aller rectifier le dispositif sur le terrain et crier quelques ordres, personne ne m'a prêté attention. J'ai traversé les couloirs vides sous la tribune et suis passé devant le vestiaire, puis c'était le grand hall, vide lui aussi, les portes de l'entrée principale étaient ouvertes, les deux hommes du service de sécurité discutaient entre eux, ils ne m'ont même pas prêté attention. Le silence, pendant quelques secondes, m'a étonné, on n'entendait que le bourdonnement de moteur des camionnettes de quelques stands de nourriture qui préparaient déjà des grillades et des hot-dogs pour la sortie du match, puis l'arbitre a dû commettre une erreur d'appréciation qui a déclenché une trombe de sifflements et de quolibets, encore quelques emportements de la foule, pour une passe ratée, ou une action prometteuse, et enfin plus rien, sinon la sonate de Schubert dans ma tête, de par les petites rues de hasard que je n'avais jamais empruntées à ce jour, calmes dans la torpeur dominicale, c'est curieux d'entendre ce morceau de Schubert, je ne l'ai plus écouté depuis si longtemps, depuis Coimbra je crois, d'autres lui avaient succédé, de plus en plus rares au fil des ans, le dernier piano loué a été celui de Paris, seul, privé de violoncelle.

Le Tage vire au gris du côté de Cacilhas, tandis qu'il garde une épaisseur jaune près des quais, le ciel est à présent uniformément couvert, il fait presque frais, j'aurais dû penser à récupérer ma veste dans le bureau, à moins que je ne l'aie laissée à l'entrée du vestiaire comme il m'arrive parfois. Mercredi, il y aura la foule des grands soirs, pour la nocturne. Mais les compétitions européennes intéressent-elles vraiment le public d'ici ? Benfica y a obtenu de brillants résultats. Pourtant, ce qui compte, ce sont les victoires contre les adversaires traditionnels, Porto, le Sporting. Surtout le Sporting. Les bateaux orange et crème se relaient pour traverser le Tage.

Deux jeunes touristes à la chevelure abondante, d'un blond nordique, se sont installés deux marches au-dessous de moi, la fille a retiré ses tennis et trempe prudemment ses pieds dans l'eau froide, de beaux longs pieds fins, avec les orteils en forme de coquillage. J'aurais tout à coup envie de la voir courir, d'admirer le travail de ses chevilles, la légèreté du pas, de lui donner une balle, non pas un des ballons de cuir qui nous servent à l'entraînement, bien trop lourds, une simple balle en plastique, et de la contempler tandis qu'elle gambaderait en des feintes de corps inédites, selon des trajectoires imprévisibles, sur de vastes pelouses, ou des plages de sable doux, d'autres jeunes filles la rejoignent, cinq, dix, vingt jeunes filles qui s'amusent avec la balle, sans forcément se la disputer, pour la seule joie de la voir se déplacer, rouler, ou s'élever dans l'air, il n'y aurait pas de public, ni de club, ni de président, ni d'entraîneur, rien que vingt jeunes filles s'amusant des trajectoires d'une balle, et un monsieur de quarante-cinq ans qui les regarderait, de pas trop loin, assis sur les marches en bordure d'un fleuve, ou sur un banc, une chaise plutôt, une vieille chaise verte aux formes rondes et graciles en fer forgé. Ce serait son cadeau d'anniversaire, mais les jeunes filles ne le sauraient pas, personne ne le saurait, il s'est toujours protégé de toute forme de publicité sur sa vie privée, peut-être parce que celle-ci est dépourvue depuis longtemps de tout intérêt, de toute substance. Le garçon, un livre à la main, ânonne quelques mots de portugais qu'il estropie avec ingénuité et bonne humeur, son amie rit de bon cœur, le reprend, tente quelques explications, son accent est bon, et chantant, peut-être vit-elle ici, comme étudiante, ou employée par une grande entreprise internationale, il est venu la retrouver pour quelques jours de vacances, un ami, ou son amant, ou son frère, ils se ressemblent un peu, elle rit de nouveau, il abandonne bientôt ses efforts linguistiques, d'un geste las. Ils repartent.

Je les suis du regard, ils traversent la place en direction du Chiado, le jeune homme passe un bras sur l'épaule de sa compagne, leurs longs cheveux à tous les deux sont fouettés par la brise atlantique qui maintenant souffle avec force. Il se pourrait bien que le temps se mette à la pluie. Au bout de quelques minutes, je me remets en route et m'engage, un peu par hasard, sans destination précise, dans la Rua da Alfândega déserte. C'est bientôt la gare de Santa Apollonia, d'où partent désormais les convois internationaux. Le hall est relativement animé, avec des gens qui attendent, ou qui se dirigent vers les quais, chargés de valises et de colis, d'autres semblent faire les cent pas. Aucune envie d'aller dans un des bars de voyageurs, malgré la soif qui me poursuit depuis près d'une heure. Au distributeur automatique, j'enfile une pièce d'un euro, pour une grande bouteille qui ne coûte que cinquante centimes, la dame arrivée presque en même temps que moi affirme que la machine ne rend pas la monnaie, ce dont je doute, mais quand je lui dis que cela n'a aucune importance, elle s'énerve et insiste pour que j'introduise le compte exact, je sors toutes les pièces de ma poche et en trouve une de cinquante centimes, un train s'ébranle sur le quai cinq, un long convoi avec des wagons-lits en queue, d'un beau bleu nuit, je lis le panneau d'affichage automatique, c'est le train pour Paris.

En remontant le quai dans l'idée d'aller m'asseoir sur un des bancs de bois pour m'y reposer quelques minutes, je me fais dépasser par un cheminot qui tient un petit transistor éteint dans la main gauche. Les matchs sont terminés depuis longtemps, sans doute a-t-il écouté les reportages en direct avec ses collègues, ou seul dans son coin. Je lui demande le résultat de Benfica. Ils ont gagné, deux à zéro.

— Alors vous êtes content ! lui dis-je en souriant.

— Moi ? Pas du tout. Je suis supporter du Sporting. Et ils ont perdu. L'écart se creuse.

Oui, l'écart se creuse.

Le père aussi était parti. C'est étrange, je l'ai toujours appelé « le père », et mon frère faisait de même, il était « le père », le père qui était parti, un jour comme les autres jours. Un dossier oublié au bureau, avait-il dit en remettant sa veste, et il était sorti, comme ça, pour ne jamais revenir, en n'emportant aucune affaire. J'avais neuf ans, mon frère onze.

C'est à ce moment-là, peut-être un mois plus tard, que ma mère avait acheté un piano, un petit piano blanc et robuste. L'air de Schubert me tourne dans la tête. On ne s'échappe jamais vraiment, c'est la phrase qu'avait dite la mère, un soir. Je ne sais pas pourquoi je viens de dire « la mère », je l'ai toujours appelée « maman ». C'était une drôle de phrase, qui semblait lui avoir fait du bien. Elle avait esquissé un sourire, et s'était tue.

La nuit commence.

Fugue

Accoudée à la balustrade, indécise sur la question d'ouvrir une deuxième bouteille de vin ou non, elle contemple la masse brumeuse qui, lente et ouatée, gagne la ligne d'horizon. Sur la gauche, sortie il y a peu de l'épaisse forêt enfumée de brouillard, une silhouette rouge vif s'engage à travers les premiers champs de blé, se perd, réapparaît, et déjà la tache mobile se trouve à la hauteur du petit bosquet avancé, à la lisière de la route partant vers la frontière. Encore un champ de blé, moissonné celui-là, puis un pâturage. La tache rouge se précise. C'est un homme, aux cheveux noirs. Sa marche assurée semble guidée par un but précis. Tenant un panama à une main, saugrenu en cette soirée humide, et une valise en vieux cuir de l'autre, il se dirige, d'une façon toujours plus évidente, vers le chalet, tandis qu'elle songe à la nourriture à donner aux poissons rouges du bassin, et réfléchit s'il faut leur ajouter de l'eau, l'orage n'a pas vraiment éclaté, juste quelques gouttes, puis a glissé derrière la crête, comme tous ces derniers jours, probablement la foudre est-elle déviée vers l'étroite vallée tortillarde creusée par la rivière. À présent, il escalade le petit raidillon sous la haie, insouciant des vaches noir et blanc qui paissent tranquillement dans l'herbe haute.

*

— Ça fait longtemps, hein ?
— Dix-huit ans.
— Oui, déjà… Tes enfants ?
— Ils sont chez leur père.
— Tu es seule, alors ?
— Non, il y a un ami, de passage. Il repart demain soir, ou après-demain à l'aube.
— Je le connais ?
— Je ne crois pas. Son frère, peut-être, mais pas lui. C'est quoi, ce grand paquet ?
— Des disques.
— Des disques ?
— Mes affaires d'autrefois, que je suis venu récupérer. Là-bas, dans le premier village après la frontière. C'était lors de ma fuite. Une valise remplie à la hâte, et des disques. Ceux qui m'étaient tombés sous la main.
— C'est pour ces vieilleries que tu es revenu dans la région ?
— Pourquoi pas ?

*

Encore la moiteur orageuse. Les coups de tonnerre s'approchent, puis s'éloignent, elle a toujours eu peur des orages, surtout dans cette maison isolée. Enfant, elle venait se blottir contre son père ou sa mère à peine elle entendait les premiers grondements, ils laissaient la porte de leur chambre entrouverte lorsque le ciel ne s'était pas embrasé au crépuscule, signe imparable de beau temps selon eux, elle se glissait sous les draps, entre leurs deux corps à moitié endormis, tremblante encore, et brusquement, au plus fort de l'orage s'il éclatait, on entendait les cris et les pleurs d'Isabelle, tout juste réveillée en sursaut et qui se retrouvait seule dans la chambre d'enfants. La mère devait se lever pour aller la récupérer, incapable qu'était la pauvre petite de se ressaisir dans la nuit épaisse déchirée par les aveuglements blafards de la foudre, et elle se reportait alors exclusivement sur la chaleur du père qui la prenait dans ses bras, ou se mettait sur le flanc pour qu'elle puisse venir se lover contre lui, comme maintenant avec Jean, quoiqu'il fasse trop chaud pour s'enlacer ainsi, mais son contact la rassure, elle aime qu'il s'emboîte dans son dos, et sentir son souffle calme, régulier, sur la nuque. Il a le sommeil facile, Jean, à peine couché qu'il dort déjà, et d'une traite, jusqu'au petit matin, quand elle commence à s'endormir à son tour, rassurée par la fraîcheur et les lueurs de l'aube. Elle sent son sexe en érection entre ses fesses, à travers les tissus de la chemise de nuit et du pyjama, ce n'est pas la première fois, peut-être le simple échauffement des corps imbriqués, ou des rêveries, avec elle, avec une autre, sa femme, elle est belle sur la photo, ou peut-être ne dort-il pas, sans rien oser pourtant, trop gêné, il craindrait de lui faire du mal, de la déstabiliser, surtout ne rien entreprendre qui puisse rompre le fragile équilibre. Il est là depuis huit jours, et le mois dernier déjà, et les précédents, c'est son dixième séjour depuis qu'elle s'est installée ici, il se sent des obligations de grand frère, bien qu'il soit plus jeune qu'elle, que Pierre aussi, presque une autre génération. Elle devrait lui donner quelque chose en retour, non pas faire l'amour, elle ne pourrait pas, à cause des médicaments, les mélanges, cette désagréable impression d'être desséchée, mais le caresser, elle pourrait le caresser, ou le sucer, ils aiment ça les hommes, elle se demande bien pourquoi ça les excite pareillement, quand on les suce, sauf que l'odeur va la dégoûter, comme l'ammoniac qu'ils répandaient partout, à la clinique, cette propreté qui sentait la mort.

*

Elle a dû se rendormir vers le matin et, quand elle se lève, elle trouve d'abord un petit mot de Jean, parti voir un collègue, il reviendra pour le déjeuner. Pierre est installé sur un transat, dans le jardin, en bordure de terrasse. Peut-être voudrait-il un petit déjeuner, ou du moins un café. Elle n'a pas envie de le lui proposer. Il peut se débrouiller tout seul. Cela fait bien longtemps qu'elle ne prend plus rien le matin, ni boisson ni nourriture. Elle attend que la nausée du réveil s'évapore. Parfois, il faut une heure ou deux.

— J'avais le souvenir d'une vue dégagée. Les arbres ont beaucoup poussé.

— Personne ne les a plus taillés depuis des années. C'est Philippe qui s'en occupait, il aimait bien jouer au jardinier et au bûcheron, ça le détendait. Ensuite, il débitait les troncs à la scie, puis il coupait le bois à la hache, des bûches bien rangées contre la paroi du garage, et du petit bois, pour allumer le feu.

— Qui c'est, Philippe ?

— Mon mari. Il avait l'obsession de l'ordre. Rien ne devait traîner, mais il ne fallait pas non plus jeter ce qui pouvait être réutilisé, les pelures de légumes ou de fruits pour le compost, le marc à café contre les fourmis, ça a fini par me donner le vertige.

— Il est écolo ?

— Non, même pas.

— Et Jean, tu le connais depuis longtemps ?

— On s'est croisés, autrefois, à une ou deux fêtes, il venait avec son frère, on avait juste échangé quelques mots. Lui aussi était amoureux d'Isabelle, mais il devait avoir douze treize ans à l'époque. Un truc de gosse. Quand j'ai eu des problèmes, il est tout de suite venu me voir, et il n'a pas lâché. Comme médecin, l'accès lui était plus facile…

— Il est toubib ?

— Oui. Médecin social, un truc dans le genre.

— Tu ne te sens pas trop seule, à l'écart de tout, sans voiture ?

— Au contraire. J'ai tellement souffert de la promiscuité, des horaires imposés. Et tous ces gens qui hurlaient.

— Vous l'avez balancée, la vieille platine pour les vinyles ?

— Peut-être. Après l'histoire d'Isabelle, mes parents ont voulu changer de ville. Ils ont gardé le chalet, pour moi, mais ils n'y venaient plus, ça leur faisait trop de route, et comme ils avaient trouvé une propriété au bord d'un lac, ils n'éprouvaient plus le même besoin d'être à la campagne. Si mon père savait que tu es là, il se retournerait dans sa tombe. Pour lui, tu étais responsable de tout.

Elle sourit, tendrement, son regard paraît absent pendant quelques secondes, puis elle reprend à voix plus basse.

— La maison est restée vide pendant des années. C'est seulement par la suite que Philippe a décidé d'y faire des travaux, pour améliorer le confort, il trouvait que la situation était idéale pour les enfants, l'altitude leur faisait du bien.

— Il aurait pu garder la platine.

— Pour ce qu'on écoutait de musique…

*

Le brouillard s'accroche aux cimes des arbres, en face, sur la ligne frontalière, un voile blanc cotonneux atténue déjà le bleu du ciel, quelques nuages foncés se forment en haut de la vallée, le temps pourrait bien tourner à la pluie, au contraire de ce que prétend Pierre. C'est curieux comme les hommes ont toujours une opinion sur la météo, se dit-elle, ils assènent leurs prévisions d'expert, comme si la sagesse des agriculteurs et des marins était forcément un peu la leur. D'ailleurs, ils ont une opinion sur tout, et l'avis des femmes ne les intéresse guère, tout au plus trouvent-ils la patience de les écouter, entre deux répliques, comme une jolie diversion. Elle se demande pourquoi Pierre est revenu. La vraie raison. Cette histoire de disques est ridicule. Au moins, ça lui fera de la compagnie pour les jours à venir. Jean est rassuré à l'idée de sa présence, dans le chalet, et en même temps il semble se méfier. Pierre n'a jamais pu concevoir qu'on ne le trouve pas sympathique, ni « cool », comme il disait. Alors il parle, il parle. On dirait que le silence lui fait peur. Au contraire de Jean, qui peut demeurer muet pendant des heures. Il n'a pas dit trois mots de tout le déjeuner, mais écoutait avec intérêt les histoires que Pierre enchaînait sans s'arrêter, la viande avait refroidi dans son assiette, il l'a quand même mangée sans déplaisir. Il a l'habitude, dit-il. Elle ne comprend pas toujours ses sous-entendus.

*

— Tu te souviens, quand on est partis tous les trois en auto-stop avec Isabelle, et que personne ne savait monter la tente ? On était en carafe, dans une forêt en amont de l'autoroute, il pleuvait, le sol était boueux, tu écumais de rage, et nous, on riait comme des dindes, à te voir perdu dans des lanières dont tu n'arrivais pas à défaire les nœuds, brandissant des sardines qui avaient plié sur la roche, et quand la tente a plus ou moins tenu debout, on s'est mises à poil parce que nos vêtements étaient trempés. Tu as renoncé à gonfler les matelas pneumatiques et à sortir les sacs de couchage, on a dormi directement sur la toile cirée, enveloppés dans des couvertures, et plus tard dans la nuit vous avez fait l'amour, avec Isabelle. J'en ai pleuré.

— C'est toi qui ne voulais pas…

— Oui, je me souviens. Tu me faisais peur.

*

Avec Pierre, l'atmosphère a changé, tout est plus gai. Même s'il est déçu de ne pas avoir trouvé un tourne-disque. Le frère de Jean a dit qu'il allait chercher à tout hasard chez lui, au grenier, ou dans ses réserves, mais il n'est pas sûr d'en avoir encore un. Comme elle l'avait prévu, il pleut, des cordes à présent, qui tambourinent sur les tuiles et contre la façade en bois. Pierre n'a fait aucun commentaire, tout à ses investigations et aux disques compacts qu'il fait passer l'un après l'autre, rien ne semble le convaincre. Elle lui a fait écouter des fados que Jean a rapportés de son récent séjour à Lisbonne, mais il a fait une moue dubitative, son caractère est trop imperméable à la tristesse pour apprécier des airs aussi mélancoliques. Francesco de Gregori lui plaisait davantage, en particulier la chanson intitulée *I muscoli del capitano*, qu'il a mise à trois reprises, il voulait qu'elle lui traduise, mais c'est difficile de distinguer les paroles, elle a retenu tout de même les derniers mots, « *e il capitano dice al mozzo di bordo, Signor mozzo, io non vedo niente, c'è solo un po' di nebbia che annuncia il sole, andiamo avanti tranquillamente* », elle ignorait ce que voulait dire *mozzo*, et lui a tout de suite dit *mousse*, c'est évident, le capitaine dit au mousse qui est à bord, Monsieur le mousse, je ne vois rien, il y a seulement un peu de brouillard qui annonce le soleil, avançons tranquillement, c'est l'expression *signor mozzo*, monsieur le mousse, qui lui a tellement plu, il a dit dorénavant tu m'appelles *capitano*, et moi je t'appelle… mousse, oui, la petite mousse, comme celle qui réapparaît sur la rambarde du balcon dès qu'il pleut, un dépôt vert et poisseux du grand pin qui fait de l'ombre jusqu'en début d'après-midi, y compris en été.

*

— Tu crois qu'ils me reconnaîtraient ?

— Qui ?

— Les enfants.

— Comment ça, qu'ils te reconnaîtraient ?

— Oui. Après toutes ces années…

— Tu ne les vois plus ?

— Non. Toi, tu m'as reconnue… sans hésitation. Hein ? Je n'ai pas tellement changé.

— Bien sûr que non !

— Il paraît que je ressemble davantage à Isabelle, avec le visage un peu plus rond. C'est les médicaments, le mélange avec l'alcool. Maintenant, je fais attention. Avec Jean, on a passé un pacte, j'interromps les pilules le soir, et je ne commence à boire qu'au coucher du soleil. Uniquement du vin. D'ailleurs tu vois, si tu étais gentil, tu irais ouvrir une bouteille de blanc, il y en a au frais dans le frigo du bas. Je commence à sentir ma nuque, et les épaules, et des élancements dans les jambes, dans les bras.

— Le soleil n'est pas encore couché.

— Arrête ! Pas toi. D'ailleurs, quand on a passé le pacte, avec Jean, c'était au printemps, en avril, les journées étaient beaucoup plus courtes qu'à présent.

*

Pierre revient de la cave avec un grand sourire, il a dégoté une bouteille de champagne, un Moët et Chandon millésimé. Douze ans d'âge, il ne sait pas si ce sera encore buvable ou s'il sera madérisé, quoi qu'il en soit il ne faut plus attendre. Il a sorti des coupes et installé deux fauteuils face à la baie vitrée, pour contempler le paysage hachuré par une pluie encore plus drue que tout à l'heure. Elle n'a pas osé lui avouer qu'elle préfère le vin blanc. Parce qu'on peut en boire plus.

*

— Tu te souviens, quand on organisait des fêtes, ici, le premier soir des vacances ? Il y avait plein de monde, on faisait des feux, des grillades, tu t'occupais toujours de trouver quelque chose à fumer, et le lendemain matin, après une nuit blanche, on allait tous au petit café-épicerie de la douane pour se précipiter sur les belles tartines que nous préparait la patronne, sauf que son vieux voyait ça d'un mauvais œil, et les paysans du coin n'en parlons pas, ils ne supportaient pas les garçons à cheveux longs, ni nos vêtements indiens bariolés. Maintenant, c'est la mode des jeans lacérés, ou déchirés, je me demande comment réagissent les parents des adolescents que j'ai observés l'autre jour dans le car, un anneau dans le nez, des épingles à nourrice un peu partout, et des crânes rasés, à l'exception de mèches teintées en couleurs fluo. J'espère que mes filles ont meilleur goût.

Pierre la regarde avec l'air de quelqu'un qui a la tête ailleurs, ou qui veut éviter un sujet de conversation déplaisant.

— Et ton grand-père, il venait toujours ?

— De moins en moins. Il aimait s'occuper du jardin, et quand Philippe est arrivé, qui voulait tout faire à sa tête, ça n'a plus été pareil. Le grand-père abandonnait et partait piquer un somme sous les pommiers, à même le gazon, insensible aux fourmis et autres insectes. Et ses fameux cigares, des trucs à deux balles, mais il n'aurait changé de marque sous aucun prétexte, il les fumait jusqu'à la dernière extrémité. Isabelle se moquait toujours de lui à propos des petits mégots qu'il gardait dans ses poches, au risque de trouer le tissu quand il les avait mal éteints. Philippe, lui, ne supportait pas l'odeur, il prétendait que c'était dangereux pour les enfants, que la fumée refroidie était encore plus nocive pour l'entourage que pour le fumeur lui-même. Les derniers temps, il m'obligeait à aller fumer mes clopes sur le balcon de l'appartement, en plein centre-ville, dans le bruit de la circulation, avec les gaz d'échappement, y compris les jours de pluie ou de neige.

*

Jean est reparti hier soir, en abrégeant autant que possible les salutations, il reviendra en principe dans deux semaines. Son frère est passé ce matin, il avait retrouvé un vieux tourne-disque dans son grenier, dont l'aiguille était très usée, ce qui risquait d'endommager les sillons, mais enfin, on pourrait quand même écouter les disques. Sauf qu'il n'a pas pu brancher l'appareil sur la chaîne installée par Philippe. Les fils étaient reliés, mais rien, pas la moindre note. C'est un problème de commutation, a-t-il fini par déclarer. Pierre a éclaté de rire. Décidément, avec mes vieux disques, je n'ai pas de veine. Elle a sursauté. Cette expression lui a fait froid dans le dos. Isabelle non plus n'avait pas de veines. Elle ne les trouvait plus. Le frère de Jean a encore jeté un coup d'œil sur les disques inutilisables, avec quelques exclamations admiratives, il aurait voulu les racheter à Pierre, qui a gentiment refusé, il ne s'agissait pas de ça, et l'autre est reparti.

*

— Si on allait boire un verre ?

— Où ? Il n'y a plus de café, au village. Il n'y a plus rien.

— Et les gens du coin, ils vont où ? Ce ne sont pas des abstinents, si je me souviens bien.

— Justement, leurs femmes ont exigé la fermeture du café.

— Et ailleurs ?

— Il faudrait aller jusqu'à la douane, au bout de la vallée, mais à pied ça va trop me fatiguer, il y a bien trois ou quatre kilomètres, et puis ce sera bourré. On est jour de foire, ils seront tous là, à parler de leurs bêtes, de leurs ventes… De l'autre côté de la frontière les cafés sont fermés le lundi.

*

Les nus qu'il avait voulu faire d'elle n'étaient qu'un prétexte, il le savait bien. Elle aussi le savait. Son intérêt pour la photographie était récent, une façon de s'échapper, ou une lubie d'adolescent. Dans cette petite pièce lugubre d'un appartement hors de ville où un de ses amis lui avait cédé une chambre pour travailler, la froidure givrait les vitres, le chauffage marchait au minimum, par manque d'argent, ou par idéal spartiate, ils étaient tellement bizarres ces mecs, et tellement déconnectés de la vie quotidienne. Pierre prenait ses photos, de plus en plus près, il avait même fini par obtenir qu'elle écarte les cuisses devant l'objectif, couchée sur un vieux tapis dégueulasse, parce que le lit à sommier ancien, placé juste au-dessous de la fenêtre, était à contre-jour. Elle se sentait à la fois dégoûtée et attirée, pas vraiment excitée, mais attirée. Elle était encore vierge à cette époque, même si elle avait déjà fait des trucs avec des garçons. Il avait changé de pellicule, vingt-quatre poses, et il avait repris, de très près, elle sentait sa respiration sur ses genoux, une respiration forte et chaude, tout à coup il s'était mis à trembler, c'était elle qui était nue dans la pièce glaciale mais lui qui tremblait dans son gros pull de laine et son jean, elle avait eu l'impression qu'il prenait une ou deux photos sans même regarder dans le viseur, puis il s'était relevé, il avait dit je ne sais pas s'il y a assez de lumière, on verra bien, et il était parti rejoindre son ami dans la cuisine, elle les entendait à travers la cloison parler de politique, tandis qu'elle se rhabillait, des grandes phrases toutes faites, et lorsqu'elle avait murmuré qu'elle partait, il n'avait pas proposé de la raccompagner, il l'avait regardée durement, sans dire un mot. Quelques jours plus tard, tout se précipitait.

*

Pierre a changé de chemise, celle-ci est bleue, elle la trouve reposante pour les yeux, et plus belle, plus souple.

— Tu sais, j'ai été très heureuse, quand tu m'as demandé de poser pour toi. De poser nue. Je m'y attendais.

— Ah bon ?

— Simplement, l'endroit n'était pas très bien choisi.

— Ça, tu peux le dire.

— Il vaut mieux oublier.

— Oui. Comme les disques… Et si on partait en voyage, toi et moi…

— En voyage ?

— J'ai assez d'argent pour quelque temps. Ensuite on avisera.

— Ce serait une belle idée.

— Où voudrais-tu aller ?

— Je ne sais pas. Enfin, je veux dire, je ne peux pas. Et puis, il y a les enfants…

— Tu ne les vois plus.

— Ça ne change rien. Ils me manqueraient. Et j'ai promis d'être sage. Sans cela, ils me renverront là-bas.

Ne rien laisser

Le même sourire. Avant, après, le même sourire. Tout s'est bien passé. Tout se passe toujours bien. Le déjeuner a été servi à l'heure, les plats étaient réussis, ni plus ni moins, peut-être meilleurs que l'année dernière, mais qui l'aura remarqué ? Qui l'aura apprécié ? À un moment, un toast a été porté à la mémoire d'Hélène, une initiative de Jean je crois, le rôle de l'aîné, il a dû faire un effort sur lui-même, vaincre sa timidité, quelques phrases convenues, mais assez bien tournées, après avoir frappé le couteau contre son verre de cristal encore plein d'un champagne dont il n'avait pas bu une goutte, puis un « vive Hélène » en conclusion, aussitôt repris en chœur, un chœur essoufflé, et les cadeaux, toujours ces sempiternels cadeaux qu'on me remet à chaque anniversaire depuis qu'elle est partie et ne peut plus leur souffler une idée originale, à vrai dire ce sont les mêmes cadeaux que de son vivant, que la dernière fois de son vivant, qui sont depuis réitérés chaque année, la variation n'est pas leur fort, la fantaisie non plus. Ils tiennent de moi, pour ça. Les années passent. Plus beaucoup à attendre, c'est ce qu'ils se disent. Il ne va pas devenir centenaire, on n'en a jamais eu dans la famille, personne n'a dépassé les quatre-vingt-quatre ans. Cela me donne trois ans, s'ils ont raison. Bien sûr, pas un mot. Mais j'entends le ronronnement dans leur tête et le bruit sourd de l'impatience policée.

Le gazon a été tondu hier en fin de journée, quand le soleil n'était plus trop chaud, pour ne pas brûler la pelouse, impeccablement belle et uniforme ce matin pour les recevoir.

*

Pierre-Marc a raccompagné tout le monde jusqu'à la gare, puisque c'est désormais tellement plus simple de prendre le train, un TGV inauguré il y a bientôt dix ans, leur corvée en est allégée d'autant, ils s'arrangent pour voyager dans des voitures séparées, l'intérêt commun ne suffisant pas tout à fait à créer une réelle entente. Ceux qui étaient placés dans la plateforme supérieure du duplex n'étaient pas très satisfaits, la vue est certes plus jolie, mais on a l'estomac qui tangue, ça finit par donner la nausée.

Pour la première fois nous avons un intendant à prénom composé. Enfin, nous… J'ai quelque difficulté à assumer le singulier, comme si Hélène demeurait au cœur de la vie quotidienne et des décisions ou des fréquentations. C'est un peu ridicule, de s'appeler Pierre-Marc. Pas en soi, mais pour un autodidacte, issu d'une famille de modestes fonctionnaires, cela sonne faux. Et ça se mouche du coude, tout à coup. Ou le contraire. Ou du pied. J'ai toujours hésité avec les expressions consacrées, Hélène s'en amusait, elle me corrigeait au besoin, non qu'elle eût suivi des études supérieures aux miennes, mais cela faisait partie de ses acquis familiaux, pas des miens. Une assurance naturelle. La langue n'appartient pas à tout le monde.

Je n'aime pas le moment où le silence succède à la fête. Le repas n'avait rien de joyeux, mais quatorze personnes à table, cela fait du bruit, il y a une sorte d'ambiance, un bourdonnement, et brusquement tout est débarrassé, j'entends au loin le cliquetis de la vaisselle en train de se faire, et bientôt je trouverai Pierre-Marc en face de moi, quêtant les compliments, ou une promesse. S'il savait l'ennui qu'il m'inspire. Il va sourire, avec un air satisfait, comme toujours.

*

Lorsque je la lui ai exposée, le notaire a trouvé l'idée très belle, malgré la complication de sa mise en œuvre. Les questions de propriété sont toujours délicates, m'a-t-il fait observer, votre épouse était très attachée à la beauté de son jardin, avec les massifs, les arbustes, et les fleurs, à toute saison ou presque, renouvelées, arrosées, vénérées, monsieur Paul est à votre service depuis vingt-sept ans à présent, il y a mis tout son cœur, on peut convenir qu'il est l'héritier spirituel de Madame. Son héritier artistique, ai-je corrigé. Le jardinage est un art. Je regarde les cosmos à perte de vue, à gauche de la piscine, la température de l'eau est très agréable, il a fait chaud ces derniers jours, et le système de chauffage a été réparé cet hiver, tout marche à merveille. C'est la piscine qui va poser problème, tiquait le notaire. On pourrait lui réserver un traitement à part, la séparer du jardin proprement dit et la rattacher à la maison principale, de même que la pelouse qui descend en pente douce depuis la terrasse, il n'y a pas de fleurs, là, de toute façon. Il ne comprend décidément rien. La piscine, d'accord, c'est logique, mais pas la pelouse, elle fait partie intégrante du jardin, Hélène l'a toujours conçue ainsi, il y a des crocus, au printemps, et des pâquerettes, c'est joli, les pâquerettes, Hélène interdisait à Paul de tondre le gazon quand il y en avait, elle voulait en profiter aussi longtemps que possible. Au fond elle n'aimait pas tellement l'idée d'une pelouse parfaite, à l'anglaise, pour un peu elle en aurait fait un champ de fleurs, mais il fallait bien que les enfants et petits-enfants puissent jouer quelque part.

Le document est prêt depuis plusieurs semaines, il faudrait simplement que je passe à l'étude, pour le signer, je déteste que le notaire vienne ici, avec ses faux airs d'indifférence, il me donne toujours l'impression de préparer un inventaire.

Pierre-Marc prétend que des orages vont éclater en soirée. Pour le moment il fait beau, un ciel bleu sans nuance, et un air agréable. Je pourrais m'installer sur la terrasse, et lire. Mais j'ai perdu le goût de la lecture. Quand on n'a plus personne avec qui parler de ses découvertes, de ses impressions, ça a moins de sens. Je vais plutôt aller faire une sieste. Ils m'ont fatigué.

*

On avait d'abord mis des semis de gazon très fin, comme un green de golf, Hélène avait hésité avec du gazon d'Espagne rouge puis avait craint qu'on s'en lasse au bout de quelques saisons. Peu après notre installation dans la propriété, elle a dû s'absenter longuement, pour accompagner son père qui devait suivre des soins sans grand espoir aux États-Unis. Les enfants, encore petits, avaient manqué l'école pour être auprès de leur mère. Je les ai rejoints deux fois, en cinq mois. Le reste du temps j'étais seul, avec le personnel encore peu nombreux à l'époque, et un matin il y avait eu toutes ces vaches, venues des pâturages voisins, à quelques centaines de mètres, dont la clôture s'était écroulée, ou avait été mal refermée, on n'a jamais vraiment su. Les grosses vaches à robe noire et blanche broutaient calmement le gazon à peine sorti de terre et enfonçaient leurs lourdes pattes dans le sol, elles saccageaient la pelouse, paisibles, imperturbables. J'avais d'abord hurlé, puis je m'étais mis à rire, doucement, devant ce gâchis. Le paysan accouru était confus et énervé, son goût n'allait guère aux pelouses, et ce luxe l'effrayait, ou le dégoûtait, il est difficile de lire sur le visage d'un homme comme ça.

C'est alors que m'était tout à coup venue l'idée du caisson. Le soir même. Seul, dans le salon, devant la télévision éteinte. Il fallait saisir l'occasion, j'aurais tout loisir ensuite de réfléchir à l'utilisation possible. Tout est allé très vite. Une entreprise, contactée dans une région assez éloignée, je ne voulais pas des gens du coin, je n'aime pas qu'on se mêle de mes affaires, qu'on en sache trop, quatre jours plus tard les ouvriers étaient à pied d'œuvre, moyennant surcoût, un beau chantier rapide, excavation assez profonde, puis coulage d'un caisson de béton ouvert sur la quatrième face donnant sur la cave de la maison, trois mètres sur deux, enseveli à deux mètres sous le sol, le tout bientôt recouvert de terre bien tassée, avec cette fois des semis de la qualité la plus résistante, à pousse rapide.

*

Pierre-Marc est fier du nouveau cuisinier qu'il a engagé pour les circonstances exceptionnelles, un adepte des traditions extrême-orientales subtilement mariées à la nouvelle cuisine, des plats délicieux, quoiqu'on reste toujours un peu sur sa faim, des recommandations diététiques qui vont ravir mon médecin, mais je préférais de loin le gigot de sept heures dont Hélène supervisait attentivement la préparation et la cuisson. C'était devenu notre petite célébrité, les invités adoraient, avec un château Cheval Blanc en accompagnement, des déjeuners à vingt ou même trente personnes, on prenait le café sur la terrasse. Les gens marchaient à travers la propriété, sur la pelouse, leur tasse à la main, et je me disais s'ils savaient sur quoi ils posent les pieds, encore que les sommes ne fussent pas encore très élevées à l'époque, je n'avais pas le contrôle sur tous les comptes. L'accès aux caves était interdit aux enfants. Je me demande à partir de quand j'ai commencé à les détester. Ou plutôt, à ne simplement pas les aimer. Les ai-je jamais aimés ? On dit que les pères n'ont pas beaucoup de sentiments pour les nourrissons, univers des mères, dont ils se sentent exclus, et que leur amour se développe plus tard, au fil des ans et de la maturité. Moi, j'ai le sentiment que ce n'est jamais venu. Une indifférence hypocrite. Quelques signes de façade. Le minimum. Et de moins en moins.

*

J'avais d'abord prévu une hauteur plus importante, pour pouvoir se tenir debout à l'intérieur, ou au moins à genoux, l'idée de ramper m'a toujours inspiré une sainte horreur, mais le creusement s'est avéré plus difficile que prévu, une strate rocheuse particulièrement résistante, il aurait fallu deux ou trois semaines supplémentaires, recourir à des explosifs, je me suis donc contenté d'un petit mètre de hauteur. Au début, j'avais simplement masqué l'entrée du caisson par une lourde armoire comtoise placée devant le trou, dans la cave à vin. Quand j'ai conçu l'idée, quelques mois plus tard, d'y faire des dépôts réguliers, il n'était plus possible de corriger les dimensions, sauf à lancer un important chantier au vu de tous. Au tout début, j'avançais donc à plat ventre, avec mes boîtes de biscuits dans les mains. Régulièrement, je dressais un petit mur de brique, de façon qu'on ne découvre pas ce qu'il y avait derrière, accumulé au fil des ans. Désormais, la profondeur restante est dérisoire, à peine quarante centimètres, c'est devenu pratique à mesure des cloisonnements successifs, un ensevelissement méthodique, j'aime les choses bien faites.

Je n'ai jamais tenu de comptes, à quoi bon, c'est pour oublier. Je suis dans la soustraction, pas dans l'addition, peu importent les sommes, les dates. Une bonne partie doit être en francs, ou même en anciens francs pour le tout début. Non, pas des anciens francs, nous avions simplement l'habitude de compter mentalement ainsi, comme tout le monde, mais nous n'avons jamais eu de comptes en anciens francs, à cette époque on était encore trop jeunes, Hélène et moi, et l'entreprise demeurait de taille modeste, presque familiale, telle que l'avait créée mon beau-père. Les développements sont venus plus tard, dans les années quatre-vingt, une progression spectaculaire, en partie sous ma houlette, et c'est là-dessus qu'ils comptent, ces chers petits, sans savoir exactement combien, mais en supposant que c'est beaucoup d'argent, beaucoup de biens, même leurs enfants ont cette tranquille arrogance des gens qui se croient à l'abri du besoin, pour toujours. Oh, bien sûr, ils travaillent tous. Des postes sans risque, avec des salaires médiocres, en tout cas très éloignés de leur niveau de vie réel, Hélène leur avait organisé une avance d'hoirie, sur chaque tête, deux ans avant sa mort, la même somme pour chacun, le maximum autorisé par l'administration fiscale pour l'exemption de taxes. Pierre a tout placé, y compris la part de ses deux enfants. C'est curieux que mes deux fils et ma fille aient chacun fait deux enfants, à peu près à la même période. Hélène en était heureuse, elle aime les gamins, et ça faisait une répartition strictement égalitaire. Elle a toujours eu l'esprit équanime, même si Marc était son préféré, et même si elle n'a pas pu cacher la déception que lui inspirait Agnès, en certaines occasions, comme son mariage avec un agitateur écologiste dont elle s'est heureusement séparée au bout de peu de temps, le suivant ne valait guère mieux, un journaliste sportif de presse régionale, on n'a pas eu de chance.

*

Paul n'a jamais voulu être remplacé ni secondé, il ne prend pas de vacances depuis près de quinze ans, une dévotion totale à ce jardin. L'idée est toute simple. Et géniale. Le coup du « à la mémoire d'Hélène » est imparable, aucun des enfants n'a rien osé dire, au contraire, ils ont approuvé, avec enthousiasme, de toute façon on ne pourrait rien construire dans le jardin, le quartier a beaucoup changé, les champs voisins ont été remplacés par des villas plus ou moins réussies, avec des petites rues jonchées de gendarmes couchés, j'ai toujours trouvé cette expression particulièrement idiote, on se doute qu'elle est destinée à flatter la haine de l'uniforme, et que les imbéciles compensent leur rage d'avoir à freiner par le fantasme de marcher sur le corps d'un flic, un corps allongé qui fait obstacle, quoique cela ne dissuade guère les plus jeunes de rouler comme des dingues et de faire crisser les pneus dans les virages, à se demander comment il n'y a pas parfois de graves accidents, ou des enfants écrasés. On a fait construire un mur de clôture dès l'apparition des premiers voisins, Hélène ne supportait pas leur façon de regarder, sans gêne, et de faire des remarques à haute voix, d'admiration, ou plus souvent de jalousie et d'amertume, encore que nous n'ayons jamais fait preuve d'ostentation, mais c'est évidemment une autre échelle, tout est plus vaste, plus dégagé, mieux équipé.

Je voulais sanctuariser le jardin, sans en faire don, plutôt une sorte de concession sur cinquante ans, avec allocation de salaire et de ressources. Paul n'a pas exprimé beaucoup d'émotion quand je lui ai fait part de mes intentions. À croire qu'il prenait cela comme un dû. Ou peut-être comprend-il que ce n'est pas un tel cadeau, les choses vont continuer comme avant, il aura une garantie d'emploi, bien sûr, avec une sensible augmentation d'année en année, ensuite il désignera son successeur, tout est soigneusement détaillé dans le document préparé par le notaire, interdiction de construire, ou même de creuser, de toute façon la piscine déjà existante est bien assez grande, située dans une autre partie de la propriété, vers l'arrière. Les statuts d'une fondation, au nom d'Hélène et de sa mémoire, sont bouclés. Un dispositif inattaquable.

*

Quand nos deux premiers enfants étaient encore tout petits, nous avions passé deux étés au bord de la mer, sur une plage à pente douce, la maison était en retrait, à trois kilomètres, le sable était fin, c'étaient plutôt des gens populaires, ou mélangés, il y avait de tout, on peut le dire, surtout le week-end, mais Hélène adorait cet endroit, les enfants pouvaient jouer au bord de l'eau, sans risque. Je m'allongeais sur une grande serviette, parfois je restais de longues minutes à observer les traces dessinées par les avions de ligne dans le ciel bleu, uniformément bleu à perte de vue. Il y avait un aéroport pas très loin, à une cinquantaine de kilomètres. On ne voyait pas vraiment l'avion, ou parfois la brillance d'un reflet du soleil sur la carlingue, en fin de journée, mais on distinguait très clairement les deux lignes blanches qui se dégageaient de ses ailes, deux lignes parallèles, très fines, qui se transformaient en une ouate subtile et floconneuse, comme une traîne de fumée qui se dispersait petit à petit en grossissant et en s'évaporant, bientôt il n'y aurait plus qu'un résidu discontinu, et puis plus rien, sinon le ciel bleu qui reprenait son plein droit avant l'irruption d'un autre avion et de nouvelles trajectoires blanches. Les vols étaient beaucoup plus rares qu'aujourd'hui, nous n'allions à la plage que tôt le matin et en toute fin d'après-midi, pour éviter les heures les plus chaudes, les plus populeuses. Hélène n'a jamais supporté les foules, contrairement à moi qui adorais tellement courir après les coureurs cyclistes quand le Tour passait dans la région, surtout lorsqu'il y avait une étape, les gens se penchaient par-dessus les barrières de protection, on criait, on transpirait, on encourageait, toute une fièvre passagère et peu après, le calme qui revenait, un paysage d'après la tempête, des détritus partout, aucun de nos fils et filles n'a jamais aimé non plus les foules, ni même la piscine publique. Ils préféraient inviter quelques copains à la maison, dans la propriété, et dès qu'ils sont devenus adolescents, ils n'ont plus voulu aller à la mer, ni faire quoi que ce soit avec nous. Ils vivaient cloîtrés dans leurs chambres. Décidément, je ne les ai jamais aimés, au sens d'un amour paternel. Je ne les déteste pas non plus, ce serait trop dire. Ils me sont étrangers. Des étrangers d'autant plus embarrassants qu'ils se croient chez eux. Ils savent qu'ils seront un jour ici chez eux, je lis ma mort dans leur regard.

*

La fortune doit atteindre plusieurs millions, depuis le temps. Je descends, discrètement, je fais glisser l'armoire, étends une couverture de laine sur le sol, et je rampe, plus très loin désormais, pour glisser une nouvelle boîte, les mêmes biscuits chocolatés que j'achète depuis le début, du fer-blanc c'est idéal, les billets seront intacts le jour très hypothétique où on les retrouvera mais ils n'auront plus de valeur, c'est bien l'inconvénient du papier, sa beauté aussi. J'aurais pu convertir régulièrement en or, dont la cote a tellement augmenté ces dernières années, mais cela aurait été vulgaire, clinquant, je n'aime pas les tape-à-l'œil du genre des nouveaux voisins. En regard de leurs maisons faussement luxueuses notre propriété a des airs modestes, sobres en tout cas. Ils sont évidemment incapables de voir la différence, ni de déceler la qualité des matériaux, des finitions. Peu importe, je n'ai pas de contact avec eux. Mais avec qui ai-je un contact, au juste, m'a un jour demandé Hélène. Elle n'a jamais rien contrôlé dans nos comptes ni dans les affaires, le banquier l'ennuyait avec ses statistiques et ses courbes et ses rendements, très vite elle m'a laissé y aller seul. Surtout, l'or ne se périme pas. Il risquerait de faire la fortune d'héritiers tardifs, quatrième ou cinquième génération, droit inaliénable de la transmission. Je ne veux rien leur donner. Ni à eux ni aux suivants.

*

Après l'épisode des vaches, le gazon avait repoussé très vite, formant une pelouse plus compacte et drue, qu'Hélène trouvait d'un vert excessivement foncé. Elle préférait la première teinte, plus printanière, m'accordant que l'entretien serait facilité, avec une herbe moins délicate, gagnée d'année en année par les pâquerettes ou autres crocus, consolations des printemps tristes, mais bon, c'était fait, elle s'habituerait.

Elle avait été intriguée par cette volonté de tout semer à neuf, au lieu de simplement réparer les zones endommagées, tout comme elle était curieuse des signes de la présence récente d'une entreprise lointaine et inconnue d'elle, une impression de travaux importants qui avaient débordé le seul cadre du jardinage, elle le sentait confusément, mais Hélène n'a jamais été du genre à poser trop de questions, à mener une enquête. Elle m'avait imaginé en train de deviser avec le jardinier, puis allant acheter les semis à mon goût, et elle avait souri, de ce même sourire que je retrouve sur le visage de mes enfants et plus encore de mes petits-enfants, sauf que chez eux cela ne vient pas du cœur, c'est presque une grimace.

*

Dormir l'après-midi est devenu un de mes plus grands plaisirs, en particulier le week-end. J'étais allongé sur le lit, avec la fenêtre ouverte derrière les rideaux tirés, dans une pénombre agréable, presque fraîche, le balancement du lourd tissu projetait des vagues sur le plafond, la sieste a cet effet de flottement quand elle est réussie, les repères s'estompent, la pensée glisse, s'interrompt, puis il y a eu ce bruit, inattendu, presque imperceptible, comme un jappement de petit chiot, mais continu, vite agaçant. Je me suis levé et suis descendu dans le salon ouvert sur la terrasse et la pelouse, par la fenêtre du mur de droite j'ai aperçu une tache jaune, et une autre rouge, derrière les arbres, à la hauteur de la piscine, presque sans mouvement, la tache jaune se penchait lentement, puis se relevait. Je suis sorti, croyant avoir oublié mes lunettes sur la table du déjeuner, sans les y trouver, il fait chaud tout à coup, et lourd, le soleil tape fort, ce bruit pénible, un vague mal de tête, Hélène craignait plus que tout les migraines qui pouvaient la gagner par ce genre de temps où souffle un capiteux vent du sud. J'aurais voulu boire un verre d'eau, mais il n'y avait personne à portée de voix, et les taches rouge et jaune m'intriguaient. J'ai foulé la pelouse, pieds nus, c'était agréable et un peu rêche, en d'autres temps j'aurais eu peur de me faire piquer par une guêpe, ou une abeille, ou un frelon, il y en a beaucoup cette année, il y en a de plus en plus chaque année, mais le léger étourdissement du réveil me rendait insouciant de cela, je voulais savoir qui se trouvait au bord de la piscine, les arbres sont trop grands, trop hauts, il faudrait les couper. Et en planter d'autres, sur cette pelouse trop vide, trop dégagée, notamment à l'emplacement du caisson, sauf qu'avec moins de deux mètres de profondeur de terre, ce n'est pas forcément idéal pour un enracinement, on ne peut pas envisager des platanes, peut-être des palmiers, ce serait beau de grands palmiers dispersés, sans ordre, une dizaine, j'en parlerai à Paul. L'idée que dans un avenir pas trop éloigné des racines puissantes puissent venir fissurer ou éventrer le béton enseveli m'enchante. L'eau de pluie et d'arrosage s'infiltrerait. Les boîtes de biscuits rouilleraient, elles seraient à leur tour gagnées par des racines, une dévastation botanique. Est-ce que les billets finiraient par pourrir ? Ça résiste à un lavage en machine, mais une immersion longue dans l'humidité boueuse, c'est autre chose.

Les deux silhouettes se sont immobilisées. Je m'approche, j'aurais vraiment dû prendre mes lunettes, surtout avec le contre-jour. Le plus robuste des deux se dégage et vient lentement à ma rencontre, c'est Paul. Il est venu avec son fils, un agréable garçon d'une quinzaine d'années, pour nettoyer la piscine, c'était ça le bruit, l'aspirateur qui glisse au fond de l'eau pour enlever les particules accrochées à la couche de peinture protectrice. Comme il a vu tous ces enfants s'y amuser et se baigner, il a pensé que ce serait bien de nettoyer, tout de suite, sans quoi on verrait apparaître des taches vertes, et puis il aura beaucoup à faire la semaine prochaine, il a préféré prendre de l'avance. Il souriait, un peu gêné. Au fond, il doit se dire que mes enfants et petits-enfants lui ont sali sa piscine, car c'est lui qui l'utilise le plus, avec sa femme et son fils, ils viennent se baigner plusieurs fois par jour à la belle saison. Je lui ai parlé des palmiers, une vague idée, il a souri, pas vraiment convaincu. Cette pelouse est si belle, votre épouse en était fière, a-t-il ajouté avec une certaine solennité. Elle est morte, et moi non, je vis ici, c'est ma maison, je fais ce que je veux, ai-je hésité à lui répondre, mais j'ai tourné les talons, doucement, et suis reparti en lui souhaitant une bonne fin de journée, il fallait profiter du beau temps, ça ne durera pas, on annonce de la pluie pour demain au plus tard.

En remontant dans la chambre où j'avais oublié mon livre et les journaux, j'ai senti la mauvaise humeur me gagner, le repas me reste un peu sur l'estomac, je crois n'avoir jamais beaucoup aimé le dimanche, ou plutôt les fins d'après-midi du dimanche, comme un horizon qui se charge de nuages, ça doit remonter à l'enfance, l'idée du film en soirée, suivi bientôt du gouffre du lendemain, le réveil, l'école, les contraintes, les devoirs. Au moins, j'ai gagné ma liberté. Une forme de liberté. Je me lève quand je veux, depuis des années. En général, c'est de bonne heure, mais personne ne m'y oblige. Je vais lire un peu, allongé sur le lit, dans la pénombre. Mes lunettes se trouvaient simplement sur la table de chevet.

*

La cave à vin n'a jamais été adaptée à la garde des grands crus qu'Hélène s'obstinait néanmoins à acheter en quantités importantes, par tradition, son père se piquait de connaître les meilleurs producteurs, et comme je ne reçois presque plus, hormis à Noël et à mon anniversaire, les étagères sont remplies d'excellentes bouteilles dont je ne verrai jamais le bout. D'après Pierre-Marc, il faudrait humidifier le gravier au sol, pour que le local soit moins sec, ou obturer la bouche d'aération, mais je m'en moque, au moins les étiquettes ne pourrissent pas, on peut encore lire de quels vins il s'agit, de quel millésime. Aujourd'hui, on a servi du château Le Clocher, il m'a paru bon, mais je n'ai pas fini mon verre.

Si les procédures de licenciement n'étaient pas si compliquées, j'aurais renvoyé Pierre-Marc depuis longtemps. J'ai hésité, après la mort d'Hélène, mais elle n'aurait pas approuvé mon geste, il faut être fidèle à son personnel, c'était sa devise, alors je fais contre mauvaise fortune bon cœur, je supporte autant que possible ses plaisanteries imbéciles, sa présence envahissante. Même le dimanche soir maintenant. Il rôde dans la maison. Je l'entends, en bas, en train de répondre à son téléphone portable. On dirait qu'il attend des félicitations, ou une gratification qui sait, pour avoir si bien orchestré la réception, personne ne lui fera démordre que le déjeuner était succulent et raffiné, ses goûts provinciaux sont chez lui des certitudes inébranlables. Je l'ai aperçu de loin, en revenant du jardin, mais j'ai accéléré le pas pour regagner la chambre. Je ne dînerai pas ce soir, ou peut-être juste un bouillon que je me ferai monter, toutes ces visites m'ont épuisé, le bruit, l'agitation, les non-dits, les attentes cachées, les échanges de regards inquiets, ou faussement complices. Je vais regarder un peu la télévision, ou un film, un DVD, quelque chose pour me détendre, me changer les idées.

*

Mauvaise nuit. Des orages qui n'éclataient pas, et trop de choses en tête. Cela fait longtemps que je n'avais pas eu une aussi durable insomnie. Chaque fois que cela m'arrive depuis la mort d'Hélène, je reste malgré tout dans le noir, et renonce à allumer la lampe de chevet, qui ne gênerait pourtant personne.

Une vieille habitude. J'ai perdu le goût de lire la nuit. Je préfère encore écouter la radio, qui me berce. Peut-être devrais-je tout arrêter, renoncer à cet absurde enfouissement, exhumer les boîtes de biscuits, tout remonter dans mon bureau, faire des parts, d'équitables parts pour mes enfants et petits-enfants équitablement installés dans l'attente du magot.

Un peu après l'aube, je me suis rendormi, avec de drôles de rêves, une sorte de plongée aquatique où je voyais sous l'eau toutes sortes de personnes qui ont disparu de ma vie, par mort ou par éloignement ou par brouille ou par indifférence, et toutes me parlaient, gentiment à en croire l'expression souriante de leur visage et la douceur dans leurs yeux, mais je n'entendais rien, à cause de l'eau, de la pression de l'eau sur les oreilles, j'aurais voulu leur dire de parler plus fort, de crier même, sans que le moindre son réussisse toutefois à sortir de ma bouche, ce n'était pas très grave, j'en prenais mon parti, je finissais par sourire.

Au réveil, je me suis senti lourd, vaseux, il était plus tard que d'habitude, j'avais raté mes émissions de radio, cela m'a perturbé toute la matinée. Même trois cafés bien tassés n'y ont rien fait. Quelques signes avant-coureurs de l'automne ont achevé de m'accabler. Pourtant, la lumière était douce, un ciel presque cotonneux derrière lequel on devinait le soleil, tout le jardin est tellement plus beau par temps gris, les volubilis bleus entortillés aux buissons sont un enchantement chaque jour renouvelé, les cosmos blancs, la vasque aux nénuphars avec ses trois jets qui viennent iriser le reflet de l'eau en nuances de gris, il y aurait tout pour être heureux, et serein. Cela m'a rappelé des journées de joie, de plénitude, autrefois. Avant qu'on ne possède tout cela. Il faut peut-être avoir un peu peur pour être heureux. Ou manquer de quelque chose. C'est ça : attendre quelque chose, avec la crainte que ça n'arrive pas. Cela fait trop longtemps que je n'attends plus rien. Hélène, elle, avait su garder ses envies, son allant. Jusqu'au bout.

*

Au moment où je montais dans la chambre pour une heure ou deux de sieste, bien que ce ne soit pas dans mes habitudes d'en faire une le lundi, la tondeuse à gazon s'est mise en marche, avec son bruit étouffé qui s'éloigne et se rapproche au gré des allées et venues. Paul a dû confier la tâche à son fils, car le mouvement est circulaire, selon son habitude, tandis que le père procède en parallèles très serrées. Cela aurait pu m'énerver, me mettre hors de moi. Je me suis malgré tout allongé, sans refermer la fenêtre ouverte en imposte, pensant que le bruit me bercerait, et j'ai senti l'odeur, cette merveilleuse et fragile odeur du gazon coupé, comme dans mon enfance quand on allait au stade, la veille ou le matin d'un grand match, enfin, stade et grand match c'est beaucoup dire, il s'agissait d'une petite ville, presque un village, mais il y avait une tribune, une vraie tribune en béton, nous avions le sentiment de quelque chose d'imposant. J'ai toujours aimé cette odeur depuis lors, sans savoir si c'est pour des raisons intrinsèques, une sensation humide, fugace, immédiatement reconnaissable entre mille, ou si cela tient aux souvenirs qui s'y accrochent, l'arrivée aux abords du stade à vélo, avec un ballon coincé sur le porte-bagages, le sac de sport accroché au guidon, une volée d'une dizaine de marches, la grille, puis l'enceinte, vaste surface verte et drue entourée de gradins au-delà des panneaux publicitaires dont certains étaient fendus par le milieu, ou ébréchés dans les coins, sous l'effet de ballons arrivés trop puissamment, tout était encore vide ou presque, on apercevait quelques rares silhouettes en bas des tribunes, à l'entrée des vestiaires, le regard était attiré par l'espèce de brouette à moudre la chaux grâce à laquelle on marquait les lignes sur le terrain, un exercice précis, difficile, avec le crissement des roues, bientôt arrivait la foule, elle éloignait l'odeur du gazon coupé qui reviendrait avec la rosée du soir. Cela m'a détendu, de repenser à ces moments humblement beaux, je souriais en fermant les yeux, la tête tournait légèrement, les déboulés sur l'aile, l'entraîneur qui criait va au fond ! va au fond ! jusqu'à la ligne de but d'où il fallait tenter un centre en retrait, c'est l'arme fatale, répétait-il à l'entraînement, celui qui n'appliquait pas ses consignes pendant un match avait de grandes chances d'être remplacé à la mi-temps ou au match suivant. La convocation de l'équipe était affichée dans une petite caisse sous verre, une sorte de boîte aux lettres transparente, les onze premiers noms annonçaient en principe les titulaires, nous allions donc voir la liste, le jeudi en fin d'après-midi ou le vendredi matin, inquiets de ne pas nous trouver en bonne position. J'ai tout aimé du football, à cette période. La camaraderie, les odeurs de camphre, la transpiration, les crampons crottés par temps de pluie, l'écrasant soleil certains après-midi de printemps bien avancé, j'allais au fond, jusqu'à la ligne, chaque fois, avec mon petit numéro sept dans le dos, je filais à toutes enjambées jusqu'à la ligne, même si trois centres sur quatre étaient interceptés, ou annihilés, les arrières étaient beaucoup plus grands que moi, plus âgés aussi, l'entraîneur ne voulait pas le savoir, il riait, il disait t'es notre porte-bonheur, tu ne dois pas avoir peur, va au fond, ne pense à rien d'autre, tu arriveras bientôt le premier chaque fois, il faut y croire, et il avait raison, au bout de quelques mois j'arrivais tout le temps le premier, j'adressais mes centres au cordeau, je faisais marquer de nombreux buts, sans en réussir aucun personnellement, ce qui me laissait un peu sur ma faim. Hélène n'a jamais compris cette passion pour le football, au point de me la faire perdre, petit à petit. Les sports l'agaçaient, tous ces corps en sueur, en souffrance. Sauf le tennis, dont elle aimait l'élégance, les gestes, les tenues. Au fond, elle a toute sa vie appartenu à un autre monde que moi. Elle était du monde d'en haut, avec naturel. Moi, je suis resté du monde d'en bas. Le monde des caves.

*

Je me suis débrouillé tout seul, et j'en ai tiré un sentiment de fierté, ce qui est un peu ridicule, mais à mon âge, c'est une satisfaction de réussir quelque chose de nouveau, avec cette impression de gagner un territoire, de rejoindre son époque. L'ordinateur a coûté assez cher pour que je l'utilise de temps en temps. D'ailleurs, je l'ai trouvé beau. J'ai aimé cet écran plat, la vivacité des couleurs, l'incroyable rapidité des opérations, sauf que je n'ai pas trouvé comment profiter du tarif réduit pour personnes âgées, peu importe, je ne vais pas commencer à calculer de tels détails. J'ai trouvé les correspondances les plus rapides, et une place isolée, je tiens beaucoup à la place isolée, de peur sinon d'avoir à bavarder, à entrer dans une conversation avec une personne dont je n'ai rien à faire, je n'ai jamais bien su lier le contact, et quand je vais en ville, je change de trottoir dès que j'aperçois au loin une connaissance. Cela faisait rire Hélène, ça l'exaspérait parfois, lors des dîners où je cherchais le moindre prétexte pour m'absenter, prendre l'air, c'est sans doute pour cela que je n'ai pas de relation particulière avec mes enfants et petits-enfants. Ils n'y sont pour rien, en fin de compte, c'est ce que je me suis dit lors du déjeuner de dimanche, ils sont gentils, polis, ennuyeux le plus souvent. Quand je pense à l'esprit vif et drôle de leur mère, ils doivent tenir de moi. Une réserve, la peur d'apparaître comme inférieur, ou déplacé, autant se taire, et sourire poliment, sauf que si personne ne donne un peu d'allant, le repas est ennuyeux comme il l'a été hier. Sans doute m'en veulent-ils de ne pas y mettre du mien, de ne pas être un père, de ne pas avoir remplacé leur mère, ne serait-ce qu'un peu, alors ils attendent, avec patience et hypocrisie. Je préférerais des éclats de voix, ou une attaque franche, papa, donne-nous du fric, tu dors sur une fortune dont tu ne fais rien, nous ça nous servirait, là, tout de suite, les enfants commencent des études, ils pourraient les mener dans de meilleures conditions. C'est ça qu'ils pensent, chaque jour, il dort sur sa fortune, il dort dessus, sans partager, d'ailleurs cette maison et la propriété environnante sont devenues bien trop grandes pour lui, il devrait vendre, ou transmettre, et se contenter d'un pavillon, ou d'un bel appartement en ville, ça lui suffirait largement.

*

La gare s'est beaucoup transformée pendant toutes ces années, j'ai tout à coup mesuré le temps écoulé, presque cinq ans, depuis la mort d'Hélène. Je n'étais jamais revenu ici, et je suis heureux comme un jeune homme de retrouver l'atmosphère de la grande ville, ces trajectoires plus rapides, quelque chose d'électrique, j'ai renoncé à prendre tout de suite un taxi pour marcher le long des boulevards, les arbres m'ont paru très verts, robustes, pleins de vie, j'étais presque euphorique, de jolies jeunes femmes souriaient à personne, ou peut-être à moi, elles avaient sur le visage cette assurance que la vie va les servir, que le meilleur est à venir, que la capitale offre un tremplin à leurs ambitions, que leur beauté s'avère assez indiscutable pour ouvrir toutes les portes, nourrir tous les espoirs, et cette assurance, leur assurance si visible, m'a donné des frissons dans le dos, non pas de désir, mais d'envie, une sale et bête envie d'être plus jeune, qui a brutalement noyé ma belle humeur. J'ai pris un bus, je suis allé directement chez le notaire, je passerai à l'hôtel plus tard, mon sac n'est pas lourd, pour une nuit je n'ai presque rien emporté, dans l'idée que, si je prolongeais, je pourrais tout acheter sur place. C'était un de mes rêves de jeunesse, de vivre à l'hôtel, sans attache, sans souci d'entretien, encore un goût que ne partageait pas Hélène. Il lui fallait son chez-soi, ses affaires autour d'elle, sa mémoire, les traces accumulées de la vie, cette vie à deux dont je veux à présent me débarrasser, une bonne fois pour toutes. En parcourant les rues, dans le quartier du notaire, un arrondissement huppé, j'ai été frappé par le luxe affiché, automobiles hors de prix, cuir, or, bronzage excessif, lunettes de marque, montres ostentatoires, il me semble que cet esprit d'exposition avait disparu pendant un temps, et qu'il revient, plus fort et plus démesuré que jamais. Tout le monde n'a pas envie de cacher son argent, visiblement.

*

Vous comprenez, c'est toujours gênant de défaire le travail conçu par un collègue, même si je ne le connais pas, il faut souligner qu'il vous a excellemment conseillé, toutes les pièces sont finement rédigées, le dispositif aurait évité à votre descendance de payer trop d'impôts de succession, mais enfin, le client est roi. Le notaire a appelé sa secrétaire pour lui faire taper le document qu'il vient de rédiger devant moi, toutes les décisions antérieures sont caduques, la maison va être mise en vente, jardin et environs compris. Sa plus grande surprise tient à ce que je ne veuille rien placer. La somme sera considérable, insiste-t-il, on pourrait inventer plein de solutions pour alléger la pression fiscale. Mais non, je veux du liquide, rien que du liquide. Pourquoi avais-je envisagé de laisser le jardin, la pelouse, aux soins du jardinier ? En souvenir de mon épouse, Hélène. Pourquoi j'y renonce ? En souvenir de mon épouse. Il lève les yeux, dubitatif. Votre décision est définitive ? Oui. Et bien mûrie ? Pas tant, mais définitive.

En me levant de la chaise design, peu confortable, j'ai imaginé les sacs plein de billets, lors de la signature de vente, mais il m'a prévenu que ce ne serait pas possible, il faut des chèques, et même des chèques bancaires, pour les grosses sommes, je pourrais toujours décaisser auprès de ma banque, sauf que des fortes sommes en liquide sur soi ou à domicile, ce n'est pas raisonnable. Il m'a reconduit à la porte de l'étude, sans expression particulière. Le client suivant était probablement arrivé.

*

À mon retour, Pierre-Marc m'a trouvé l'air bizarre, il s'est inquiété de savoir si tout s'était bien passé, si je n'avais pas de problèmes, ou de soucis. Je lui ai répondu sèchement que tout allait bien, que je l'aviserais quand j'aurais à lui parler. Paul s'est démis l'épaule en déchargeant un gros sac de tourbe, son fils le remplacera autant qu'il peut.

Une fois tout cela réalisé, je pourrai tenir dix ans, au bas mot, ce qui m'amènerait déjà à un âge respectable. En attendant, j'ai décidé de distribuer çà et là, quelques dons, un peu d'aumône. J'ai rencontré une jolie jeune femme hier, près de la gare, elle fait la manche depuis deux mois, je lui ai donné quatre billets de cent euros, d'abord elle a eu peur, elle a dû penser que je cherchais à obtenir quelque chose, mais elle a compris que j'étais tout à fait inoffensif. Elle a secoué la tête, incrédule, puis elle a souri. J'irai voir la semaine prochaine si elle est encore là.

Les enfants ont appelé et laissé des messages, pour remercier de la belle journée, très réussie comme d'habitude. Oui, tout s'est bien passé. Tout se passe toujours bien.

L'annonce

Il fait froid. Un froid térébrant, qui ne faiblit pas depuis plusieurs jours, malgré le gros pull en laine que je ne quitte pas, même la nuit. Carlo me dit que je devrais l'enlever pour dormir, et bien me rouler dans la couverture, comme cela j'ajouterais un vêtement en me levant et ça compenserait la différence de température, mais j'ai essayé, un soir, et je claquais des dents. D'autres, que j'observe à midi lors du repas, n'ont pas l'air de souffrir, il y a même un gars qui se promène toujours en T-shirt, il faut dire qu'il est baraqué, et même enveloppé, ça protège.

Le médecin m'a fait revenir hier matin, à jeun, il voulait procéder à de nouvelles analyses, deux pipettes entières remplies de sang, j'ai demandé à m'allonger, car j'ai toujours peur de tourner de l'œil, et ce serait du plus mauvais effet si on venait à l'apprendre. L'infirmière a souri, sans que je sache si c'était par sympathie, pitié ou mépris. Elle a eu des difficultés à trouver les veines, c'est toujours le même coup, je commence à me tendre, à avoir un peu de sueur sur les tempes, la tête qui tourne, une pâleur subite, quand j'étais adolescent je tombais chaque fois dans les pommes, cela m'avait même conduit tout droit à l'hôpital, lorsque j'étais parti en arrière et avais percuté un lavabo avec la tête, examens poussés, ponction lombaire, un idiot de prof avait répandu le bruit que j'avais fait une surdose, moi qui n'ai jamais touché à la moindre substance illicite, par peur de mes réactions, et par respect scrupuleux de la loi. Quand j'ai fait les premiers examens, il y a huit mois, la dame du laboratoire s'était montrée extrêmement prévenante, elle m'avait installé dans un fauteuil et m'avait dit de regarder ailleurs, de penser à quelque chose d'agréable, j'avais repassé le film de la nuit précédente, avec Julie, son corps tout chaud, ses seins dans mes mains, son odeur après l'amour, c'était fini, j'avais déjà un morceau d'ouate et aussitôt un sparadrap dessus, tandis qu'ici, tout est plus rude, plus brutal. J'attends debout, depuis vingt minutes, devant la porte grise. On est venu me chercher, vers dix heures. Convocation immédiate. Tout est allé vite, puis la porte du couloir s'est refermée derrière moi, avec un bruit lourd de fer qui claque, et depuis, plus rien. Le médecin doit être au téléphone, j'entends sa voix par moments, une voix rauque, puissante, mais je ne comprends rien de ce qu'il dit, les pièces sont bien isolées. J'aimerais fumer une cigarette, voilà ce que je rumine depuis cinq bonnes minutes, ce qui m'irait, ce qui me détendrait, ce serait de fumer une cigarette.

Qu'est-ce qu'elle était belle, Julie, quand je l'ai rencontrée. Même que ça me faisait peur. Je me disais que tant de beauté, c'était trop pour un seul homme, que d'autres la convoitaient, forcément, ils avaient tous envie de l'embrasser, de coucher avec elle, de faire des saletés. J'étais trop hâtif, à l'époque. Rien qu'à y repenser j'ai honte. Elle ne disait rien, elle souriait avec bienveillance, parfois elle me demandait de la caresser encore un peu. Je la rejoignais dans sa petite chambre de bonne, pas loin de la fac, un lit étroit qui grinçait, on entendait les voisins qui passaient dans le couloir, elle essayait d'étouffer ses gémissements, il nous arrivait d'éclater de rire, petit à petit je m'y suis mieux pris, avec douceur. J'ai tout de suite su qu'elle serait la femme de ma vie, qu'il n'y aurait qu'elle, sans écart, sans même de tentation. Tout me plaît en elle, les cheveux blonds, le visage émacié, la finesse des attaches, ses épaules presque anguleuses. C'est curieux, j'aime percevoir un peu du squelette dans un corps de femme, les côtes, la pointe des hanches, la légère courbe des omoplates, non pas la maigreur excessive qui inquiète, mais l'idée des os, leur esquisse, et les poils, les aisselles, j'aime lécher ses aisselles, avec une sensation drue sur la langue, ou la toison, une belle toison vaporeuse dont elle ne rasait que les bords pour que ça ne dépasse pas du bikini, même les deux grossesses ne l'ont pas déformée, elle a gardé sa ligne d'origine, et la fermeté de la chair, élastique, essentielle.

Les enfants sont assez grands pour comprendre, pour faire l'effort de comprendre. Luc n'exprime jamais ses sentiments, je le sais pourtant très attaché à moi. Claire a l'âge qu'avait sa mère quand nous nous sommes rencontrés, elle a un petit copain à présent, et peut-être des amants, on dit que les pères sont jaloux des amours de leurs filles, pour moi ça n'a jamais été le cas, seule compte Julie, sa façon de poser sa tête dans mon cou, ses longs cheveux toujours soignés, son sens de la repartie, son rire enjoué, ses peurs aussi, toutes ses peurs, pour les petits, pour le travail, pour ses parents, ils ne viendront jamais me voir, ils me détestent.

L'infirmière a traversé deux fois l'antichambre où je me tiens debout, elle a passé une tête dans la salle de consultation où le docteur est toujours au téléphone puis est repartie, en me regardant bizarrement, comme si elle cherchait à lire quelque chose sur mon visage. Les femmes sont rares ici, le bruit de leurs talons est inhabituel quand il résonne dans le couloir. Ce qui fatigue, c'est l'absence de décor, de couleurs. Les murs beiges et gris, une table en bois, deux chaises, des étagères vides. Et l'ampoule, pas allumée à cette heure, il fait presque trop jour, une lumière aveuglante, le brouillard se dissipe lentement. Je m'assieds. On me le reprochera certainement, mais on ne me complimenterait pas si je restais debout jusqu'au bout. J'aimais cette lumière du matin, le week-end, Julie se réveillait dans la pénombre dessinant son corps chaud, je la caressais, elle aimait bien ça, mais sans aller plus loin, elle disait non, j'ai la bouche pâteuse, j'ai transpiré, je dois sentir fort, elle ne sentait jamais fort, exempte de toute odeur, elle filait vers la douche, son premier geste en se levant, l'eau qui coule longuement, la vapeur qui gagne la chambre, parfois elle revient, la serviette enroulée autour de la tête, elle s'assied, fait des projets pour la journée, m'interroge, rit, bavarde, repart vers la commode pour y prendre une culotte propre.

La porte s'ouvre. Le médecin me regarde attentivement, puis me déclare je ne dois pas vous recevoir seul, mon assistante est allée chercher le directeur, vous pouvez entrer, il fera un peu plus chaud, je sais que vous avez toujours froid, vous me l'avez dit à chaque consultation. Il y avait comme une expression de dégoût sur son visage. Un très léger dégoût. Je me suis assis sur une des trois chaises qui font face à son bureau, et il a marmonné je reviens, ne bougez pas. De toute façon, on ne bouge jamais beaucoup, ici. Et ça doit bien faire dix minutes que j'attends. J'ai entendu des pas, à deux reprises, qui se sont aussitôt éloignés. C'est bientôt l'heure des visites.

Julie, j'ai fait sa connaissance à la caisse d'un Monoprix. Elle m'a tout de suite tellement plu, et j'avais beau être timide, véritablement coincé, je lui ai adressé la parole, je lui ai dit c'est lourd, tout ce que vous avez, je pourrais vous aider à porter un des sacs, elle a souri, on a pris un café, et tout est allé vite, c'était pour la vie, je le savais, il n'y avait aucun besoin d'attendre, contrairement à ce que préconisait ma mère, et aussi mon père, dans son mutisme sceptique. En biologie, on trouve toujours des débouchés, il n'y avait pas de souci d'avenir, je voulais épouser Julie, faire des enfants avec elle, c'était une évidence pour moi. Pour elle aussi, quoique dans une moindre mesure sans doute. Les couples sont rarement équilibrés. L'un des deux aime plus que l'autre. Au besoin, je l'aurais aimée pour deux. Tout me rendait jaloux, d'une sale et merveilleuse jalousie qui me faisait vivre et m'empêchait de respirer. Nous allions parfois nous promener dans la campagne, le week-end, près de la maison de ses parents, je ne supportais pas sa passion des arbres, dont elle caressait ou embrassait le tronc, un ou deux arbres en particulier, fréquentés depuis son enfance, elle leur parlait, doucement, tournait autour, partait, revenait, riait parfois de mon humeur maussade. Tout de même, tu ne vas pas être jaloux d'un arbre. Eh bien si, j'étais jaloux d'un arbre, j'étais jaloux de tout. J'aurais voulu pouvoir m'isoler, nous isoler. L'enfermer, l'enterrer, la soustraire à tout regard autre que le mien. Le pire, c'était en été, au bord de la mer. Elle aimait se baigner. Et le soleil. Nous allions donc à la plage, deux semaines pleines, avec tous ces regards posés sur elle, tous ces hommes qui ne rêvaient que de me la ravir. Ce n'est pas bon pour la peau, de s'exposer au soleil. La venue des enfants l'a rendue plus prudente, on partait toujours dans le Sud, mais à l'intérieur, dans l'arrière-pays, des maisons de location, isolées, avec de grands jardins autour, les petits s'amusaient, il y avait beaucoup d'ombre, plein d'arbres, mais des arbres dont elle n'avait pas le temps de faire suffisamment connaissance.

J'entends des voix, derrière la porte. Il me semble reconnaître le timbre éraillé du médecin, l'autre

CARTE POSTALE

CHRISTIAN BOURGOIS ÉDITEUR

116, rue du Bac

75007 Paris

http://www.christianbourgois-editeur.fr

pourrait être celle de l'infirmière, mais si basse qu'il est impossible de la reconnaître, ni de comprendre quoi que ce soit de leur échange, sinon une certaine frénésie, de l'excitation, ou peut-être de l'indignation. Quand mon grand-père était à l'agonie, une calme agonie sous sédatifs, j'avais passé des heures à son chevet, à l'observer, son souffle régulier, très lent, un visage impassible, les yeux clos, les lourdes paupières bientôt inutiles, le nez plus saillant, les pommettes qui se creusent, et cet absurde soin qui consistait, de la part de grand-mère, à le raser tous les jours, méticuleusement, j'aurais préféré qu'on lui laisse pousser les poils, la barbe, mais non, il fallait maintenir les apparences, en faire un monsieur jusqu'au bout, un monsieur respectable, qui avait accompli une belle carrière, pour sûr qu'il avait réussi une belle carrière, rémunératrice, il avait accumulé une fortune, dans les derniers temps de la guerre, des affaires de frontière, de passages clandestins et trafics en tous genres, c'est du moins ce que j'avais pu reconstituer, et là encore, à son chevet, venaient jusqu'à moi les murmures de l'agitation familiale, épouse, fils, filles, tous les cinq à comploter ou prévoir ou disposer. Ça ne m'intéressait même pas d'essayer de comprendre. Je me souvenais simplement de ce qu'il m'avait dit, peu de jours avant, il se sentait partir, et il m'avait parlé de l'incroyable énergie des hommes qui revenaient du front, celui de 1918, ces mâles plus ou moins jeunes qui avaient échappé à la mort, à la tuerie, ils avaient une fringale de vie, d'amour, de sexe, j'avais deviné une pointe de tristesse dans sa voix, ils étaient des héros, on ne pouvait rien faire contre ça, cette puissance de vie, elle balayait tout, je suis bien placé pour le savoir, et il avait souri, un faux sourire, accompagné d'un rictus, après j'ai connu ta grand-mère, on finit par oublier, par se remettre dans la voie, sans plus regarder les bas-côtés.

Le médecin entre, il lance sa phrase, comme s'il devait s'en libérer, vos examens sont excellents, Robert. C'est la première fois qu'il m'appelle par mon prénom, comme les autres, habituellement il utilisait le nom, et là, Robert. Vos examens ne révèlent rien, absolument rien, on a tout vérifié, sur deux échantillons, vous allez parfaitement bien. Je le regarde, dans la volonté de comprendre ce qu'il pense, ce qu'il a en tête, mais je ne le vois pas, je ne peux pas le capter, c'est flou. Je vois Julie, derrière, au loin, son corps léger et mobile dans l'amour, son corps tout à coup lourd, si lourd dans mes bras, et le marteau à côté, rouge noir au bout de son manche de bois, l'ineffaçable marteau, c'est ce qui m'a le plus été reproché, la sauvagerie du geste, la méthode, comme s'il s'était agi de méthode, non, les moyens du bord, simplement les moyens de mon impréparation, et tout à coup, rien, vous n'avez rien, ça a été sa dernière phrase. Il sort de la pièce, sans fermer la porte derrière lui. L'infirmière entre, suivie d'un gardien. Le directeur va arriver, c'est tout ce qu'ils disent, on vient de le prévenir, c'est lui qui va décider. Et ils se tiennent debout, dans l'encadrement de la porte, l'un à côté de l'autre, peut-être ont-ils peur que je cherche à m'enfuir, ou d'un mauvais geste. L'infirmière au bout d'une minute ajoute je ne sais pas si c'est une bonne nouvelle, et presque aussitôt, ce n'est en tout cas pas une mauvaise nouvelle, puis elle se tait, le gardien aussi, sans doute ne connaît-il pas le dossier, il ne peut pas comprendre.

En fait, mon grand-père en avait peur, de cette force de vie. La jalousie est toujours une affaire de faiblesse, d'incertitude, de manque de confiance, tout autre individu devient un concurrent, une menace. Je n'y avais pas pensé lorsque l'annonce m'avait été faite par le médecin, gentil celui-là, prévenant, sincèrement triste, il m'avait reçu dans un bureau confortable, tout était de bon goût, rassurant, au moins mes enfants étaient-ils adultes, car il n'y avait rien à faire, à un stade aussi avancé. Non, je n'avais pas consciemment pensé aux propos de mon grand-père à ce moment-là, ni dans les semaines qui ont suivi, jusqu'à l'événement. Mais cela a dû connecter quelque chose dans mon cerveau. Je regardais Julie et je la voyais dans d'autres bras, pas forcément tout de suite, délai de décence à respecter. Les gens ne pensent qu'à ça, se frotter, se mélanger, se donner, c'est leur passion, et elle se donnerait, forcément. Je ne supportais pas cette idée, je ne pouvais plus la regarder sans imaginer cela, elle dans les bras d'un autre, le premier venu, ou un ami, elle avait le droit de vivre, elle, de refaire sa vie comme on dit, personne ne lui en tiendrait rigueur, pas même mes propres parents qui y verraient une belle consolation. Elle ne remarquait pas la tristesse dans mes yeux, dans le regard rêveur que je posais sur elle. Sans doute me croyait-elle obsédé par mon propre destin, un délai relativement bref, c'est ce qu'avait dit ce médecin, sûr de lui, il y aurait certes d'autres examens, mais c'était de pure routine, je devais me résigner. Je n'y suis pas retourné, pour faire les nouvelles analyses, à quoi bon. Et maintenant rien, je n'ai rien. Mais c'est trop tard pour ne rien avoir, beaucoup trop tard, voilà ce que je voudrais leur crier à la gueule, à l'infirmière et au gardien, et plus encore au médecin qui est parti si vite, débordé, il était débordé.

Le directeur arrive, j'entends son pas dans le couloir, un pas que je reconnais parmi cent, ou plutôt ses chaussures, un léger crissement de caoutchouc, ce sont des chaussures de qualité, anglaises, j'aime ce bruit calme, ce bruit de confort, mais là, j'ai peur, j'ai très peur, et froid.

Aussitôt après, j'étais parti au travail. Sans rien dire. Au bout d'un moment, le patron m'avait fait venir dans son bureau. Je pensais qu'il était au courant, qu'on l'avait prévenu, que tout avait été découvert, la concierge peut-être, ou un des enfants, revenu à l'improviste, ils ont un double des clés, une vieille habitude, au cas où nous aurions perdu les nôtres, et pour qu'ils se sentent encore un peu chez eux, mais pas du tout, il trouvait simplement que notre laboratoire devenait vétuste. Ça l'avait frappé lors de sa dernière visite avec un client important, ce mot « frappé » avait résonné étrangement dans ma tête. Il voulait repeindre les murs, améliorer le mobilier, nous avions d'excellents résultats, il fallait que notre réussite s'affiche. Du coup l'équipe devait prendre ses vacances d'un bloc à la même période, en juillet. Je lui ai simplement répondu qu'en effet le temps des vacances était arrivé. Peut-être ai-je même souri, sans aucune volonté de provocation, plutôt par sentiment d'absurde. J'ai récupéré ma veste dans le laboratoire, et je suis sorti du grand immeuble, un peu délabré de partout, le patron avait raison. J'ai pris le bus, je suis allé chez ma fille, c'était la fin de l'après-midi. Au deuxième coup de sonnerie, son copain a répondu, je lui ai hurlé je veux parler à ma fille, elle est arrivée, nous nous sommes assis dans la cuisine, je lui ai dit, tout dit. Elle ne me croyait pas. Elle avait peur, mais elle ne me croyait pas. Elle ne savait pas quoi faire, quoi dire. Elle me regardait fixement, d'un air presque interrogatif, comme si elle cherchait un signe, un indice. On pourrait appeler Luc, a-t-elle fini par dire. J'ai acquiescé. Il n'y a jamais eu de différence à mes yeux entre mes deux enfants, je les ai traités de façon strictement égalitaire je crois, et Julie aussi. Simplement, j'avais une ligne directe pour venir chez Claire, tandis que, pour aller chez Luc, c'est beaucoup plus compliqué, et à cette heure Luc était à son travail, il ne finit jamais avant vingt heures. Claire a d'abord essayé son numéro de bureau, puis elle l'a joint sur son portable. Il est arrivé assez vite. Lui non plus ne savait pas quoi dire, il ne me croyait pas vraiment.

Ni elle ni lui n'ont voulu revenir à l'appartement. Nous sommes allés au commissariat. Tout s'est ensuite passé très vite, et très lentement à la fois. Des couloirs, des bureaux, une cellule, un fourgon, un juge, des médecins, un fourgon, une autre cellule, puis d'autres cellules, des parloirs, l'incompréhension. Seule Claire faisait un effort. Elle posait des questions. Elle savait la sincérité de mon amour pour sa mère, mais pourquoi n'avoir rien dit, les analyses, le pronostic du médecin, si je leur avais parlé, si je lui avais parlé à elle, cela ne serait jamais arrivé, je m'étais enfermé dans mon truc, c'étaient ses mots, qui revenaient à chaque visite, je m'étais enfermé dans mon truc. Trois mois à tout casser, m'avait dit le médecin. En souffrant, beaucoup, de plus en plus. Après, votre femme sera libre, elle trouvera quelqu'un, les gens ne sont pas faits pour vivre seuls. Il ne m'a pas dit ces mots, mais il les a pensés. Je l'ai lu sur son visage, quand il m'a demandé l'âge de mon épouse, de mes enfants. Il voyait la vie qui continuait, pour elle, pour eux, une vie sans moi, une vie avec un autre, ou des autres, tous ces bras qui se saisissent d'elle, l'empoignent, la vrillent, la tordent, la malaxent. Elle a une peau douce, Julie, et fragile, la moindre pression fait apparaître des ecchymoses. C'est sans doute pour cela que j'ai choisi la tête, le cuir chevelu. À cause des bleus. Ne pas lui faire des bleus partout. Je ne sais pas combien de fois j'ai frappé exactement, ça doit figurer dans le rapport d'autopsie. Je n'arrive pas à écouter quand il en est question, je n'arrive pas à m'y intéresser, comme si c'était l'affaire de quelqu'un d'autre.

L'infirmière m'avise que mon avocat a été prévenu. Je ne suivrai plus aucun soin, il n'y a pas de raison. Il faut simplement contrôler mon sang, car les médicaments ingurgités ces dernières semaines peuvent avoir des effets indésirables, quelle expression, indésirables. Puis le directeur m'a encore dit Robert, ça change tout, enfin, ça change beaucoup, je ne sais pas ce qui va se passer, mais il va assurément se passer quelque chose. Vous n'avez pas l'air surpris, a-t-il ajouté d'un air suspicieux. Puis il est parti, en donnant l'ordre au gardien, derrière la porte, de me raccompagner. Dans une cellule isolée, ça vaudra mieux.

Carlo va être déçu. Je l'aime bien, Carlo, il est attentif aux autres, il demande toujours des nouvelles, quand quelqu'un a un problème, un souci, une maladie. Il me manquera.

En mer

I

De loin, je n'avais d'abord vu que la tache rouge d'un coupe-vent de nylon. Une silhouette, assise sur la banquette arrière de la petite vedette de Raoul. Ensuite, j'ai mieux distingué la chevelure, longue et blonde. C'est quand elle est parvenue sur le pont, après une escalade maladroite de l'échelle, que je l'ai vraiment reconnue. Louise portait une coupe garçonne, à l'époque, presque en brosse, mais tout cela a bien sûr eu le temps de pousser, en près de sept ans. Elle a gardé la même sveltesse, et une sorte de maigreur sur le visage, très pâle autour de ses yeux verts à facettes, comme deux émeraudes piquées de soufre. Il ne vient jamais de visite, ici, en dehors de Raoul qui m'apporte le ravitaillement, chaque mercredi vers onze heures, il ne s'attarde pas, une fois sur deux il oublie les livres que je lui ai demandés, ou il prétend qu'ils ne sont pas arrivés. Ce sont des titres rares, difficiles à trouver, se justifie-t-il, la libraire doit les commander, je dois bien savoir que les acheminements sont lents, pour une île, surtout par les temps qui courent. C'est son expression, à Raoul, depuis quelque mois, « les temps qui courent ». En pleine mer, ça prend une résonance inattendue. Sans doute parce qu'on ne pense plus tellement au temps, et moins encore à courir, avec cette eau tout autour, à perte d'horizon, sauf par journée exceptionnellement dégagée, lorsqu'on aperçoit le littoral. Mais c'est rare.

— Qu'est-ce que tu es venue faire ici ?

— Eh bien, te voir.

— Comme ça…

— Oui, comme ça. Elle semble amorcer un sourire, puis détourne brusquement le regard. Le cargo est une épave depuis cinq ans ?

— Six ans, même. Le type qui était là avant moi comme vigile a craqué au bout de dix-huit mois. Il avait une famille. Une femme, des enfants, restés à terre. On a beau être pauvre, on ne s'habitue pas forcément à tout.

— Pourquoi tu dis ça ?

— Parce que c'est la vérité. Les pauvres n'acceptent pas tout.

Louise est emmitouflée dans une veste de laine et s'accroche au bastingage, pour compenser le déséquilibre, avec son petit sac à l'épaule, pas même un sac de voyage, elle n'a emporté que peu d'affaires avec elle. Je me demande si elle a compris qu'elle serait forcée de rester à bord pendant deux semaines. Raoul n'a sans doute pas été clair, il embrouille les gens avec ses explications tarabiscotées. Mais la barque est déjà loin.

— Sur l'autre partie du cargo, tu n'y vas jamais ?

— Non. Le passage est trop dangereux, les assurances en ont strictement interdit l'accès. Une nuit de tempête, la quille s'est déchirée un peu plus encore, j'ai bien cru que tout allait couler. Puis ça s'est stabilisé. Maintenant, c'est comme deux blocs qui se font face. Heureusement qu'ils sont encore attachés l'un à l'autre, parce que l'ancre est là-bas, en face. Tu vois, on aperçoit l'écubier, et la grosse chaîne qui pend derrière.

— Le pavillon a pourtant l'air presque neuf.

— Oh ! ça... Raoul prétend que la compagnie l'exige, mais je suis sûr que l'idée vient de lui. Chaque année il arrive avec un drapeau flambant neuf, et il m'embarque pour aller le suspendre de l'autre côté, à la tête de mât. La dernière fois, c'était il y a à peine deux mois, juste après Noël.

Aujourd'hui, Raoul avait le double de provisions à me donner, parce qu'il ne viendra pas la semaine prochaine. La compagnie a d'ailleurs demandé si je ne pourrais pas dorénavant me satisfaire d'un ravitaillement tous les quinze jours, ça simplifierait les choses, « par les temps qui courent ». Il avait aussi ce gros paquet de livres pour moi, il a failli l'oublier. À cause de l'autre surprise. Il a ri. Je lui ai remboursé la facture de la librairie, en arrondissant, il prétend toujours n'avoir pas la moindre monnaie sur lui. Et il est reparti, plus pressé que jamais, préférant laisser sans réponses les questions qu'il se posait à coup sûr. Je ne sais pas si Louise supportera l'isolement. J'aurais dû lui refuser l'accès, exiger qu'elle reparte aussi sec avec Raoul, rien ne m'obligeait à accepter sa visite.

— Tu es tout de suite venu t'installer ici ?

— Tout de suite ?

— Je veux dire, après ton départ de là-bas ?

— J'ai d'abord cherché un travail sur l'île. J'habitais chez ma sœur Elena. Elle a essayé de m'aider. Mais rien. Impossible de trouver quoi que ce soit, avec mes problèmes. Alors, quand ça s'est présenté, j'ai sauté sur l'occasion.

— Mais tu vas quand même parfois à terre…

— Non. Plus depuis trois ans. Au début, j'allais passer une semaine chez Elena, à Pâques, et une semaine à l'Assomption. La dernière fois, c'était pour son enterrement. Il n'y avait presque personne à la cérémonie. Deux ou trois de ses amies, une cousine que je n'ai pas vraiment connue, et le curé. Un nouveau, un jeune. Il m'a regardé d'un air réprobateur. Il devait penser que j'avais laissé ma sœur s'éteindre seule, sans réconfort. Je n'ai jamais eu le sens de la famille.

II

Louise voulait que j'aère un peu. Ça sentait le renfermé. On respirait mal. Mais j'ai tout de suite prévenu son geste. À cause de la mouche. Enfin, je ne lui ai pas parlé de la mouche. Je lui ai dit qu'ici le vent soufflait fort, surtout en soirée. Elle m'a regardé d'un air troublé, en restant silencieuse. Je cherchais mes mots, la parole n'a jamais été mon fort. J'ai profité d'un moment où elle baissait les yeux pour me lancer.

— Tu as quand même fini par le quitter ?

— Oui.
— Quand ?
— Plus tard.
— Quand, plus tard ?
— Ça n'a pas d'importance.
— Et tes enfants ?
— Oh ! Léo, tout ça c'est le passé.

Elle se lève, fait quelques pas, dans un équilibre précaire, se rassied. Il faut du temps pour s'habituer à vivre en position oblique.

— Qu'est-ce que tu lis, alors, pendant ces journées de solitude ? me demande-t-elle tout à coup.

— De tout. Des romans. Ou de la philosophie. Surtout de la philosophie.

— Et tu y comprends quelque chose ?

— C'est un peu comme les dominos. J'enchaîne, par associations d'idées. Au fond, rien n'est compliqué, dans l'absolu. Et puis, comme disait je ne sais plus qui, « la solitude est l'infirmerie des âmes ».

Louise a cette belle expression de naïveté incrédule que je lui aimais tant et finit par pivoter sur sa chaise, avec une légèreté rêveuse, soudain absente. Elle me tourne le dos.

— Si tu avais vu ça… C'était atroce. Le tunnel. Les portes. Trois cent cinquante tonnes chacune… Une porte à une extrémité, une porte à l'autre extrémité, et dix-huit mille fourmis à l'intérieur.

— De quoi parles-tu, Louise ? Je ne comprends rien à ce que tu racontes.

— L'autoroute, Léo. Le tronçon souterrain qui passe sous la Vieille Ville. Fermé ! Clac ! Dix-huit mille personnes entassées dans un tunnel d'un kilomètre de long. Dès la première minute j'ai étouffé. Le petit, c'était encore pire. Le moindre refroidissement peut lui être fatal. Personne ne voulait m'écouter. Il y avait d'autres urgences. C'était difficile pour tout le monde ! Chacun devait fournir un effort ! Le courage ! La discipline ! Le règlement ! Ils n'avaient que ces mots-là dans la bouche…

— Mais toi, qu'est-ce que tu faisais là ?

— Dans mon immeuble, il n'y a pas d'abri antinucléaire homologué dans les caves. Alors, on a dû se rendre dans le tunnel, conçu tout exprès pour les gens comme moi, et gagner nos places. F 428 et F 429, je m'en souviens encore. Dire que c'est toi qui l'as creusé, ce tunnel… Tu y étais.

Elle s'est retournée et me regarde avec une inquiétante fixité, comme si elle m'accusait. J'en ai percé tellement, des tunnels ! On creusait dans le noir, pendant des semaines, des mois. Et puis on passait à un autre trou, ailleurs. Pour avaler encore un peu de poussière de roche, jusqu'à avoir assez de merde dans les poumons pour empocher un petit bon de sortie.

Elle esquisse le geste de se lever, mais y renonce. Le ton de sa voix se fait presque implorant.

— Tu es sûr que tu ne veux pas aérer un peu ? Juste une minute ?

— Non. Il ne faut pas.

— J'étouffe.

— Tu devrais te reposer un peu, Louise. Tu as l'air épuisé.

— Oui, peut-être… Ça fait trois jours que je ne dors pas.

III

Elle m'a rejoint, avec une tasse de café à la main, qu'elle sirote. Elle ne m'en a même pas proposé. Je la reconnais bien là, Louise, à se servir sans penser aux autres. Elle semble absorbée par ses pensées.

— J'ai craqué. Au bout d'une journée, j'ai craqué. J'ai donné les médicaments au petit. Je lui ai donné tout ce que j'avais pris avec moi, pour qu'il ferme les yeux, qu'il ne pense plus à respirer.

— De quel petit tu parles ?

— Il n'a jamais pu vivre comme les autres, à cause de cette maladie. Vieillissement précoce, disaient les médecins, avec une fragilité générale des fonctions. Il n'aurait pas vécu au-delà de vingt ans. C'était le maximum qu'il pouvait espérer. Je lui ai donné les médicaments, ensuite je suis allée fumer une cigarette, en essayant de me cacher dans un coin…

Le transbordeur passe au loin, et siffle à trois reprises. Je quitte Louise pour aller à la salle des commandes actionner deux fois la sirène, en guise de réponse, comme c'est devenu l'habitude au fil des ans. Peut-être un moyen, pour eux, là-bas, au port, de s'assurer que je suis vivant, que tout va bien. Ou une simple coutume. Je me suis parfois demandé ce qui se passerait si, un jour, je renonçais à répondre par mes deux coups de sirène. Ou si j'étais occupé ailleurs. Aux toilettes par exemple, juste à ce moment-là. Ils enverraient aussitôt Raoul, prévenu par radio ? Ou une vedette de police ? Ou rien. De toute façon, ce n'est jamais arrivé. Parce que, ici, il n'y a plus guère d'occupations. Pas comme la première année, lorsque je me suis installé pour de bon, et qu'il a fallu tout remettre à niveau. Les cales à glisser sous les meubles, les étagères à ajuster, pour retrouver un peu d'horizontale dans ce cargo effondré par le milieu. On ne peut pas passer sa vie en pente. De toute façon, je n'ai pas besoin d'un énorme espace. Pour la journée, la salle des cartes me suffit, j'y ai installé la bibliothèque. Et pour dormir, j'ai choisi la passerelle de navigation. La vue y est splendide, lorsque l'aube s'allume. La compagnie ne le remettra jamais en état, ce cargo. Seul le chargement l'intéresse. Le cours du tungstène a paraît-il chuté, ces derniers mois. Ils ne sont plus trop pressés de liquider l'affaire.

IV

— Tu devrais manger un peu.

— Je n'ai pas faim.

— Il faut que tu prennes des forces. Ça creuse, l'air marin.

— Non, je n'ai pas envie.

Elle n'a pas changé. Et presque rajeuni. Ses yeux verts me font peur. Je les avais oubliés. Ils sont là, grands ouverts malgré la fatigue. Louise voudrait que je suspende des couvertures ou n'importe quel tissu sombre contre les fenêtres, parce qu'elle a des insomnies et c'est souvent à l'aube qu'elle trouve le sommeil, mais avec toute cette lumière qui inonde la pièce, il lui est impossible de dormir.

— Veux-tu que j'installe le lit dans la salle des cartes, en bas ? Elle est presque obscurcie.

— Ah non, au milieu de tous ces livres… Pourquoi ne veux-tu pas ouvrir un peu, Léo ? Ne serait-ce qu'une fenêtre.

— Il fait trop froid. De toute façon, les crémones sont rouillées, on ne peut plus tourner les poignées.

Louise secoue la tête, comme pour reprendre ses esprits, ou sortir d'un mauvais rêve. Elle cherche mes yeux, puis s'en détourne et pose son regard au loin, à travers la vitre.

— Dans le grand bunker qui s'élevait au milieu du tunnel, sur sept étages creusés au cœur de la montagne, il y avait des cellules. De vraies cellules de prison. Elles étaient réservées aux gens dangereux, violents, qu'il fallait isoler. Moi, ils ont préféré m'expulser. La peine capitale, en quelque sorte. Ce n'était pas une mince décision, ils ont longuement hésité. C'est finalement le lieutenant de police, avec deux de ses hommes, qui m'a conduite vers une sortie de secours au terme d'un interminable couloir en pente. Les pas de leurs bottes résonnaient contre le béton, je regardais les tuyaux le long du mur, dont l'un devait correspondre à l'arrivée d'air. Dix-huit mille personnes dépendaient de ce tube pour respirer. Une panne, un attentat, et tout le monde mourrait de suffocation. Je pensais à cela, à l'insupportable douleur de manquer d'air, d'étouffer. Quand nous sommes arrivés devant la première porte du sas, le lieutenant a enfilé une combinaison, et avant de mettre le masque il m'a dit c'est la roulette russe. Il m'a semblé qu'il souriait, qu'il y avait de la sympathie, ou de la compassion, dans son regard. Je lui ai tourné le dos, et je suis sortie par la deuxième porte du sas, très lourde dans son épaisseur de béton. Il faisait beau, dehors. Un étrange beau temps silencieux.

V

Ça avait commencé par une rumeur, dont les journaux s'étaient faits l'écho, puis les radios, et tout s'était emballé. Les autorités avaient d'abord démenti, il n'y avait aucun risque, aucun danger, la population devait poursuivre ses activités normales, la situation était sous contrôle, mais les gens n'y croyaient pas, ne voulaient plus sortir, les magasins fermaient leur porte les uns après les autres, l'angoisse se généralisait, et tout à coup, les ordonnances étaient tombées, chacun était invité à gagner l'abri qui lui était alloué, dans les meilleurs délais.

Elle reprend son souffle, avec une grimace sur le visage, une grimace de souffrance.

— J'ai retrouvé le papier officiel, avec les indications, ça semblait tellement invraisemblable, une autoroute. Quand nous sommes arrivés, la circulation avait été coupée, il y avait déjà beaucoup de monde. Au bout de quelques heures, ils ont fait entrer les gens dans le tunnel, par vagues de cent personnes, surtout des familles. Ensuite ils ont distribué les structures métalliques et les toiles, tout un système d'alvéoles où chacun devait monter sa couchette, solidairement avec ses voisins, on a aussi reçu un petit guide, sur les sanitaires, les interdictions, ne pas fumer, surtout ne pas fumer, et ne pas hurler, respecter les horaires dévolus au sommeil, signaler les maladies des voies respiratoires. Je n'ai rien dit, pour le petit. Je ne comptais pas rester. Je ne voulais pas enclencher le compteur. Tu comprends ?

— Non, je ne comprends rien à tes salades. D'abord, qui c'est, ce « petit » ?

— Le petit. C'était le petit, voilà tout.

— Et ton mari, pourquoi tu l'as quitté, à la fin ?

— Disons que… je n'ai pas eu vraiment le choix.

— C'est-à-dire ?

— À quoi bon ?

Elle secoue la tête, incrédule. Puis elle a une moue attendrie.

— Il ne me reste que toi…

— Et tes enfants ?

— Lesquels ?

— Tes enfants !

— Oh, eux… En ce moment, ils doivent être dans la cave de béton de la grande villa, avec leur père. Crois-moi, eux, ils n'ont pas eu à venir se réfugier dans le grand tunnel. Il y a toutes les installations obligatoires, dans la maison. Avec des réserves de nourriture pour plusieurs mois.

Je ne lui connaissais pas cette amertume au coin des lèvres. C'est la première fois qu'elle a une telle expression sur le visage, même depuis son arrivée.

— Quand est-ce que tu es partie de chez toi, exactement ?

— Quel chez-moi, Léo ?

— Ton mari, ta famille…

— Il y a longtemps. Très longtemps. Je me perds dans les dates.

— Mais encore ?

— J'ai toujours eu une mauvaise mémoire, tu le sais bien. Tu n'aurais pas un peu de vin ?

— Je ne bois pas de vin.

— Et du whisky ? De la grappa ?

— Non. Aucun alcool.

Elle n'a pas perdu l'habitude de mâchonner le bout des manches de ses vêtements quand elle est angoissée, et mon chandail de laine qu'elle a endossé au réveil pour se protéger du froid arrivé avec la tempête, une modeste tempête, connaît un sort identique. Elle aimait bien porter mes habits trop grands, dans la petite chambre d'hôtel, et faire le clown devant la fenêtre, ou revenir sur le lit pour se blottir contre moi, sans dire un mot, finissant simplement par me demander quand on se verrait, la prochaine fois. Les jours où elle était empêchée, où c'était trop risqué, où elle devait s'occuper de ses enfants, où son mari resterait probablement à la maison, où ils partiraient en famille pour une excursion, ces jours-là se faisaient de plus en plus rares, nous en arrivions à nous voir de façon presque quotidienne, comme un vrai couple, sans que j'aie jamais bien compris si sa situation avait effectivement changé, les enfants ayant grandi et étant devenus davantage autonomes, son mari se trouvant toujours plus accaparé par ses affaires, ou si elle avait simplement renoncé à eux. Et choisi la vie avec moi. Ou la vie sans personne.

— Est-ce que tu as abandonné… juste après mon départ ?

— Je n'ai pas abandonné, Léo. On m'a chassée. Expulsée de chez moi, du jour au lendemain. Il était le mieux placé pour comprendre. Pendant toutes ces années, il ne s'était douté de rien. Il me prenait pour une femme étrange, un peu folle peut-être, mais il s'en était fait une raison. Il me tolérait. Tout le monde me tolérait. Sa famille, ses enfants. *Nos* enfants. Mais là, c'était trop pour lui. Il ne pouvait pas avaler l'affront.

Elle se lève, ouvre des tiroirs, remue les affaires posées sur la table, s'accroche à un meuble, elle voudrait une cigarette, elle a tellement envie de fumer, je lui dis qu'elle n'en trouvera pas, elle ferait mieux de penser à autre chose. Elle me fixe du regard, hausse les sourcils, se gratte la joue droite, avec l'index. Un beau doigt long, effilé. Mais elle se ronge toujours autant les ongles, jusqu'au sang.

— Tu sais, c'était fascinant, quand je suis sortie de leur tunnel, l'autre jour. Huit jours ? Dix jours ? Je ne sais plus. La ville était déserte, absolument personne dans les rues, rien. Le silence. Quelque chose d'irréel. Je suis allée chercher ma petite Fiat, et après une heure d'incertitude, j'ai décidé de descendre vers le Sud. Je voulais m'échapper, franchir la barrière des montagnes. Il n'y avait pour ainsi dire pas de voitures sur les routes, jusqu'à la frontière. Tout était très paisible. J'ai presque ri en pensant à eux, dans leur tunnel bouché et leurs abris sophistiqués. Tous ces gens bien enterrés dans leur tombe.

Elle ouvre tout à coup grands les yeux et plisse les lèvres en un sourire complice.

— J'ai de nouveau mordillé la manche de ton pull-over, c'est ça que tu regardes ?

— Oui.

— Tu te souviens, comme ça t'énervait ? Tu disais que tu n'avais pas tellement de vêtements, que tu n'avais pas les moyens…

— C'était vrai…

— Mais tu voulais payer l'hôtel toi-même, chaque fois… Pourquoi on n'allait pas chez toi ?

— Tu sais bien que j'habitais avec un camarade.

— Je ne l'ai jamais cru.

— Et pourtant. C'est la boîte qui mettait un studio à notre disposition, avec retenue sur le salaire. On y était mieux que dans les roulottes.

VI

Dix jours déjà depuis l'arrivée de Louise. Je dors mal. Elle s'est installée dans le lit, et moi sur le divan, moins confortable. Je l'entends remuer, la nuit. Tout cela ne rime à rien. Je ne suis pas fait pour partager ma vie avec quelqu'un. Elle le sait aussi bien que moi. C'est pour cela qu'elle n'est pas venue, autrefois.

Au réveil, je l'ai entendue qui s'agitait, d'abord j'ai pensé qu'elle faisait un mauvais rêve, et puis je l'ai vue, agrippée à la fenêtre.

— Non, Louise !

— Mais on suffoque. Au moins la porte… Juste l'entrouvrir.

— Non. Il y a la mouche.

— La mouche ?

— Oui, la mouche. Tu ne peux pas comprendre.

— On manque d'air. Je deviens folle. Et plus de cigarettes. Pas de vin.

— Il faut toujours garder une mouche dans la maison, pour traverser l'hiver. Ça porte bonheur. Tu vois, elle est là. Sur l'abat-jour.

— C'est pour cette satanée mouche qu'on étouffe ?

— N'y touche pas !

— Tu es fou…

Je savais qu'elle ne pourrait pas comprendre. Qu'elle se moquerait de moi. De nous. Une tradition familiale, la seule peut-être. Une superstition, corrigerait Louise. Ma mère laissait toujours un peu de nourriture, des miettes de pain, un bout d'omelette, du lait… Elle la traitait bien, sa mouche d'hiver, de peur qu'elle s'en aille…

VII

Raoul vient après-demain. Je vais enfin retrouver mes habitudes, la tranquillité. Je n'arrive pas à lire en présence de Louise. Ni à me concentrer. Je sens ses yeux. J'entends ses silences. Quelque chose m'échappe. Elle paraît si accablée. Si absente, parfois. La mouche a disparu. Peut-être à cause des tissus que j'ai suspendus aux fenêtres. Elle a dû se réfugier dans la bibliothèque.

— Mais cet enfant ?

— Je t'en prie.

Elle se lève, brusquement.

— Il fait vraiment trop froid. J'en ai assez, de ce vent, de ce bruit, de cette mer. Je veux m'en aller !

— Il était très malade ?

— Oui, une maladie congénitale, et… Il était tellement beau. Avec des yeux doux. Et des cheveux noirs, très noirs. Et fins. Très fins. Comme toi…

— Quel âge avait-il ?

— Oui, l'âge qu'il avait. Tu veux savoir l'âge qu'il avait… Qu'est-ce que j'en sais, moi ? Cent ans. Non. Excuse-moi. Cinq ans… Six ans…

VIII

Il fait grand beau, après la pluie de ces derniers jours. Ce matin, j'ai écouté la radio, pour la première fois depuis très longtemps. Ils n'ont rien dit, d'aucune menace, nulle part. L'anticyclone se maintiendra jusqu'à dimanche.

IX

Raoul a paru surpris, tout à l'heure. Il essayait de regarder à travers les interstices des rideaux, ou par le hublot, je lui ai dit que Louise était souffrante, alitée, il ne fallait pas la déranger. J'ai ajouté que c'était le vent. Un genre de migraine. Elle finira par s'habituer, a dit Raoul. Il aurait voulu me poser des questions, ou glisser quelques sous-entendus, j'ai coupé court. J'avais réfléchi à la proposition de la compagnie, c'était une excellente idée, il pourrait même ne venir désormais qu'une fois par mois. Il faudra augmenter les rations, a-t-il observé. Puisque vous êtes deux. La direction n'y trouvera rien à redire. J'apporterai des doubles portions, qu'il a encore crié depuis son petit bateau, avec un grand sourire. Je lui ai fait de grands signes amicaux avec le bras tandis qu'il s'éloignait, en me disant que je donnerais le surplus de nourriture aux poissons. Je n'ai jamais aimé avoir des armoires qui se remplissent trop.

Corrections

Le ciel, d'abord plombé, s'était déchiré, le brouillard avait progressivement perdu de sa consistance, et vers la fin, la route d'accès était largement gagnée par le soleil, mais il avait peut-être oublié notre rendez-vous depuis le bref coup de téléphone de l'autre jour, ce serait juste pour un portrait, un entretien, sans circonstance précise, vous êtes tout de même un des grands noms de notre littérature, il avait demandé un délai de réflexion, puis sa gouvernante, Mattilda, qui est aussi sa secrétaire, m'avait rappelé, c'était d'accord, pour le mardi suivant, ne venez pas trop tard, il fatigue vite, neuf heures et demie c'est parfait.

Toutes sortes de rumeurs circulaient sur lui, de maladie, de rejet, d'isolement absolu, et tout à coup, pour la première fois depuis au moins dix ans, on le disait en train d'écrire, il avait repris une pleine activité, dans sa maison retirée au milieu des collines, presque la montagne à vrai dire, et j'avais tenté ma chance. Au journal, on m'a donné carte blanche. Ce serait un beau coup, m'a dit le directeur, nous n'avons pas tellement de grandes figures vivantes, il a eu une reconnaissance mondiale, même si on l'a un peu oublié depuis quelques années. J'ai protesté avec véhémence, tout le monde se souvenait de lui, et le nouveau livre allait être un énorme événement. Le directeur a secoué la tête, vous êtes comme ça au littéraire, à croire que vos valeurs sont universellement partagées, mais regardez ce qui intéresse les gens aujourd'hui, avant de parler d'événement. Quand même, il acceptait de payer le train en première classe et une voiture de location. Ce n'était pas si courant.

Je n'avais jamais revu le grand écrivain depuis la sortie de son dernier livre, il y a quinze ans de cela. Déjà à l'époque, certains critiques s'étaient interrogés pour savoir si c'était le dernier livre, après tout, à son âge, l'œuvre pouvait être considérée comme achevée, mieux valait peut-être s'épargner des publications inutiles, encore que les œuvres tardives ont leur charme, et leur vérité, quelque chose qui les protège de la velléité, de l'instinct de séduction. J'aurais voulu en savoir plus, prendre mes précautions, connaître les sujets à éviter, mais visiblement il avait coupé les ponts, ses amis ne l'avaient pas revu depuis des années et ignoraient tout de cette reprise d'activité. Dans le train parti à l'aube, le premier de la journée, j'avais relu mes notes, et le dossier qu'une assistante m'avait préparé, près d'une centaine de pages imprimées, des entretiens déjà anciens, des blogs, plus ou moins fiables. Une grosse liasse sur laquelle je n'avais pas tardé à m'endormir. De toute façon, je connaissais ses livres, chacun de ses livres, avec de longs passages appris par cœur, au lycée, mon amie de l'époque était une fanatique, la première fille avec qui j'aie eu une relation, comme on dit.

À mon arrivée, je l'avais surpris en plein travail, attablé dans la grande pièce vitrée, Mattilda se tenait un peu en retrait, avec une liasse de feuilles dans les mains, elle a toujours eu ce port altier et cette puissante chevelure noire qui ont donné cours à beaucoup d'insinuations. J'ai eu une hésitation. Il se dégageait quelque chose d'intimidant qui avait trait à ce qu'on pourrait appeler pompeusement l'inspiration, un sentiment d'effervescence, et j'ai failli rebrousser chemin, pour revenir plus tard, en fin de matinée, ou en début d'après-midi, je pourrais très bien prendre une chambre dans un hôtel de la petite ville située à une trentaine de kilomètres, après tout, la voiture de location me donnait une totale liberté, le billet de train pouvait se modifier, le directeur espérait un extrait du futur livre en bonnes feuilles, bien avant la publication, il ne mégoterait pas sur les notes de frais, mais Mattilda a pris les devants, elle poussait déjà la porte d'entrée et m'accueillait d'un grand sourire, monsieur m'attendait, il était heureux de ma visite, cinq minutes et il serait à moi, je pouvais m'installer dans la cuisine en attendant, il ne fallait pas rester dehors avec ce froid.

En entrant avec un éclat joyeux dans le regard, il m'a dit les visites ne sont pas fréquentes, quand on vit aussi retiré du monde, ça m'a fait plaisir que vous pensiez à moi, que vous acceptiez de vous déplacer jusqu'ici, on annonce de la neige pour ce soir, heureusement qu'on avait fixé un rendez-vous assez tôt dans la journée. Il m'a fait venir dans la grande pièce, des petits paquets de feuilles étaient posés méthodiquement sur le bureau, avec des trombones pour les relier, il y avait aussi une plume, une belle plume de qualité, un stylo rouge et un feutre de la même couleur, un crayon, et une édition originale de son premier roman, celui qui lui avait valu une reconnaissance mondiale, d'innombrables traductions, une adaptation pour le cinéma, j'ai pensé qu'il voulait y puiser certains principes d'écriture. Pour l'instant, sa principale préoccupation semblait être de savoir si je voulais du café, pas excellent, mais Mattilda a fait de bons biscuits, et à cette heure, ça me fera du bien, une petite pause sur la terrasse. Malgré le soleil, la température demeurait fraîche, mais il semblait tenir à l'idée d'être en plein air, il se levait très tôt, a-t-il pris soin de préciser, et se mettait au travail vers sept heures au plus tard, la journée était donc bien entamée. Quand Mattilda est arrivée avec la cafetière, j'ai souri à cette ancienne technique, au lieu des capsules d'aujourd'hui, le café était fadasse, avec des biscuits trop durs, j'en ai trempé un dans le liquide brunâtre pour l'amollir, ensuite j'ai abandonné, mon médecin me l'a rappelé récemment, je devrais mieux m'occuper de mes dents, tout comme je devrais me soucier de mon colon, de ma prostate, de mon sang, de mes urines, lui n'a pas connu cette culpabilité infligée à chacun, ce régime généralisé de la faute et de la peur, depuis quelques minutes il me parle des saisons, de l'inexorable évolution qui nous amène à toutes les apprécier avec l'âge, regardez l'automne, où les forces décroissent, mais la beauté des couleurs, des lumières… Quelques feuilles jaunies apparaissent déjà çà et là, dans les futaies qui dévalent la pente jusqu'à la rivière, en bas, derrière les arbres. Le pont est en travaux, une longue déviation à travers les vignes m'a fait craindre d'arriver en retard, de me perdre dans ces petites routes et chemins. Le ciel bleu a définitivement triomphé des dernières brumes matinales encore perceptibles en contrebas, nous sommes à près de huit cents mètres, insiste-t-il, l'air est bon, la vue large, le soleil plus solidement installé que dans la vallée, surtout à cette saison. Certains jours de plein été, par temps de tramontane, on devine la mer, tout là-bas, dans l'échancrure des collines, il montre la direction d'un geste vague. La plupart de ses romans se passent au bord de la mer, des hôtels le long des plages, hors saison, ou sur des îles. Lui qui est né à la montagne, loin de tout littoral. Une famille modeste, on n'allait pas en villégiature, encore moins à la mer, les succès lui ont permis de rattraper le temps perdu, cette saveur si particulière, presque amère, de la solitude marine dans les lieux abandonnés de l'après-saison.

Tout de même, au bout d'un quart d'heure je lui ai signifié que j'avais froid, nous sommes revenus dans la grande pièce et avons commencé de faire le tour de ses amis, le milieu littéraire, les livres qu'il avait écrits, je sentais arriver le moment où je pourrais lancer ma question, et dans la foulée ma proposition, tout est sorti d'un coup, où il en était de son nouveau roman, s'il accepterait de nous donner la primeur de cinq ou six feuillets, même s'il s'agissait encore de brouillons, ou d'une version non définitive, ce serait un formidable événement, nous en avions besoin, vous n'ignorez pas que les suppléments littéraires sont toujours un peu menacés, obtenir un coup comme celui-ci serait une assurance-vie, je me suis toujours détesté dans ces moments de flatterie, mais le jeu en valait la chandelle, pour une fois. Il a dévié la conversation, d'un air embarrassé, pour revenir à une amitié en particulier, que personne n'avait jamais bien comprise, une femme qui avait des idées opposées aux siennes, dans les années soixante ça comptait beaucoup, pourtant il admirait sa langue, sa manière subtile de jouer avec le non-dit, le sous-entendu, des personnages qui ressassent leur passé, peut-être pour mieux comprendre leur présent, et deviner un peu l'avenir, ou l'infléchir, c'est ce que j'ai toujours essayé de faire moi aussi, a-t-il glissé à voix basse. J'ai voulu insister, juste sur le nouveau roman, les bonnes feuilles on verrait après. Il m'a regardé, presque interloqué, a laissé passer une minute de silence, puis m'a annoncé d'un ton à la fois grave et désolé qu'il avait tout vendu. Absolument tout. À une université américaine. Oh, ils auraient préféré faire une acquisition ciblée sur deux ou trois manuscrits, mais il leur a dit que c'était tout ou rien, et ils ont tout pris. Y compris la bibliothèque. En viager. Il n'allait tout de même pas se dessaisir de ses livres. Les gens de la fondation ont été très agréables, très respectueux, ils voulaient arriver à leur fin, et y mettaient les moyens nécessaires. L'inventaire est fini, hormis quelques détails auxquels il travaillait encore. Et là il a ri, brièvement. Des détails fatigants, à vrai dire. Savez-vous que le feutre est apparu sur le marché en 1968 seulement ? L'invention d'un poil synthétique à même de remplacer le bec d'un stylo-plume. Vous me direz que cela n'aurait pas grande importance, qu'on n'y verrait que du feu, mais avec l'argent qu'ils dépensent dans cette affaire, ils vont confier les documents à des experts, et ceux-ci découvriront fatalement le pot aux roses. Il secouait la tête. C'est bête, j'ai voulu faire du zèle, ajouter des corrections en rouge, avec un feutre, et maintenant il faut tout reprendre de zéro, je n'en finirai jamais avec ce satané brouillon. Je m'étais dit qu'avec du rouge on distinguerait mieux les corrections, les repentirs, les ajouts, à vrai dire je n'ai jamais utilisé de couleur rouge de ma vie, ni feutre, ni stylo bille, ni plume, ni crayon, rien de cela, toujours la même vieille machine à écrire de ma jeunesse, mais ça les aurait déçus, ils doivent s'attendre à des manuscrits avec plein de ratures, avec des traits rageurs, ou des modifications finement tracées en plusieurs couleurs, c'était pas mal, en rouge… Bon, ce n'est pas grave, j'y consacre mes matinées. Vous comprenez, à leurs yeux, un manuscrit, c'est forcément un gros paquet de feuilles griffonnées, ou plusieurs paquets, les versions successives, avec biffures, béquets, collants ou autres ajouts, les placards d'imprimerie je leur ai tout de suite dit que c'était l'éditeur qui les gardait pour lui, dans ses archives, c'est la règle, et il ne s'en séparera pas facilement, pour autant qu'il les ait gardés, car les maisons d'édition ont changé de propriétaires, aujourd'hui ça fait partie de groupes, dont les archives ne sont pas le principal souci.

Je ne comprenais rien, mais je le laissais raconter. Il a tenu à préciser, au bout d'un moment, que toute cette histoire devait rester entre nous, « off » comme on dit aujourd'hui, je ne veux pas d'histoire, ces gens sont si bienveillants, ils en veulent simplement pour leur argent, une centaine de pages tapées impeccablement à la machine sans rature ni remords ne pouvait les satisfaire. Pourtant, j'ai toujours procédé ainsi. J'avais les phrases dans la tête, toutes les phrases, et ça sortait, à grands jets, sur la Remington. J'ai écrit ce roman l'été 1963, c'est celui auquel ils tiennent le plus, or il était impossible d'utiliser un feutre, à cette époque. Sa voix marquait une certaine irritation, toute cette affaire l'affectait, visiblement, et le temps passait, sans compter l'ennui d'avoir à se récrire une deuxième fois, près de deux cents feuillets à la main ! Et d'une main ferme qui ne trahisse pas son âge.

J'ai tenté une dernière offensive. Le nouveau roman, il ne l'avait pas vendu, celui-là. Il ne pouvait pas vendre à des archives un livre pas encore publié. C'est toujours mauvais d'insister, mais j'étais en mission, je ne pouvais pas partir ainsi. D'abord, il m'a regardé, incrédule. Puis il a secoué la tête, en plissant les yeux, par lassitude. Il faut que je me repose, à présent. Mattilda va vous raccompagner. Revenez quand vous voulez, mais juste pour le plaisir de bavarder, ou pour me parler de vous. Je vous lis toujours avec plaisir. Vous avez parfois des positions courageuses. J'aime le courage. C'est une denrée rare dans ce milieu. Vous savez, par les temps qui courent, un portrait de moi n'intéressera personne.

J'allais ajouter quelque chose, il m'a fait signe que non, c'était inutile, il voulait vraiment aller se reposer. À un âge avancé comme le sien, on fatigue vite. Ma visite lui avait fait plaisir.

Mattilda m'a raccompagné jusqu'à la voiture, sans rien sur les épaules pour se protéger du froid.

— Pourquoi s'occupe-il de ça, si c'est si pénible ?

— Les Américains ont fait cette proposition, très généreuse, il a pensé que l'absence de manuscrit les décevrait, il trouvait que c'était gentil de leur part de penser à lui.

— Mais il n'a pas besoin de cet argent, non ?

— En effet. Et il n'a pas de descendance, ça aussi je le lui ai dit. Mais il avait déjà donné son accord. Il m'a dit, vous savez, les Américains sont des gens très différents de nous, c'est exactement de cela qu'il est question dans mon roman, et ça n'a pas changé. J'ai lu l'autre jour dans un magazine qu'une nouvelle pratique mortuaire était en train de se répandre outre-Atlantique, on récolte les cendres du défunt incinéré, le carbone récupéré est ensuite chauffé à très haute température et ainsi transformé en graphite par la suite soumise à des traitements qui en font un diamant, de qualité médiocre, un quart ou un demi-carat à tout casser, mais un diamant quand même, que les veufs ou veuves ou parents ou amis peuvent porter à la boutonnière, ou en boucles d'oreilles, ou serti en bague, il paraît que ce sont des pierres légèrement ombrées de bleu. Voilà, les hommes sont des diamants bleus. Il a toujours aimé le bleu… Et pas du tout le rouge !

J'ai pris Mattilda dans mes bras, pour l'embrasser affectueusement, elle m'a dit il ne faut pas être déçu, vous n'êtes pas venu pour rien, vous lui avez fait tellement plaisir, avec cette visite. Il a besoin de se changer les idées. J'insiste souvent, qu'il devrait voir plus de monde, sortir un peu, mais ce n'est plus maintenant qu'on le changera. Il est impatient de finir ses brouillons. C'est un perfectionniste, vous le savez.

Une panne

Les baies vitrées s'élèvent jusqu'au plafond en acajou, la lumière est tamisée par un voilage en tissu gris perle, et sur les murs blancs, rien d'autre que des prises électriques, au bas des parois, d'innombrables prises électriques alignées à vingt centimètres du sol. Les tables de travail forment des rangées d'une trentaine de mètres chacune, sur un sol en parquet sombre. Il y a quatre cent vingt places de travail en tout, rigoureusement identiques, un petit rectangle de bois avec en son centre un écran amovible qui se redresse au gré de la demande de l'utilisateur, mais pour l'instant, tout est à plat, un silence inquiet règne dans la salle. À l'entrée, la responsable m'a prévenu que cela pouvait durer cinq minutes comme plusieurs heures, ce type d'incident est heureusement très rare, tout marchait à merveille ce matin, et depuis une heure à peine, plus rien. Certains se sont découragés, vous trouverez facilement de la place, la deux cent quarante-six par exemple, vous qui aimez être sur les côtés, vous y serez bien. Je n'ai pas demandé mon reste et suis allé m'installer, tout heureux de ne pas être en plein milieu d'une rangée, à la croisée de trop de regards. Non que j'aie quoi que ce soit à cacher, mais je n'aime pas qu'on me regarde. Je n'aime pas qu'on me parle non plus. Une bibliothèque est faite pour la lecture, rien d'autre.

Des discussions à voix basse se sont engagées çà et là, un petit groupe s'est même formé, à l'angle nord-est, des signes d'impatience commencent à se lire sur les visages, un certain désarroi aussi, faut-il partir et tout laisser en plan, ou rester avec le risque de gâcher toute la journée ? La jeune femme assise à côté de moi a progressivement tourné sa chaise sur son axe et me fait face à présent, ses yeux balaient la salle de long en large, elle fronce les sourcils, semble réfléchir, puis me dit, sans agressivité aucune, avec même un peu de tendresse, ou d'étonnement bienveillant, à votre âge, vous avez encore accès à l'étage des professionnels ? Je ne puis distinguer dans le contre-jour si elle sourit, je voudrais esquiver mais ce serait impoli, je lui réponds simplement que j'ai droit à quelques privilèges, des privilèges acquis depuis longtemps, que personne ne s'est avisé de remettre en question, même lors de la mise en service des nouvelles installations. C'était quand même un grand changement, une bibliothèque sans livres, ça m'a fait bizarre. Non, ça ne lui semble pas si bizarre. C'est moi qu'elle doit trouver étrange. Surtout quand je lui dis posséder chez moi plusieurs milliers de volumes. Au prix des logements ? s'écrie-t-elle. Visiblement, elle ne comprend pas à quoi ça peut servir. Comme pour aggraver mon cas, et par un sens irrépressible de la dérision, je lui évoque les déménagements, tous ces cartons à remplir, à numéroter ou étiqueter, le transport, déballer de nouveau l'ensemble, chaque fois ; j'avais un temps décidé de restreindre mon catalogue, en ne gardant que les titres indispensables, mais c'est si difficile, il y a les souvenirs accrochés aux lectures, les notes prises dans les marges, j'ai toujours annoté mes livres, quelle que soit leur valeur. De toute façon je possède peu d'exemplaires de bibliophilie. Le mot échappe à sa compréhension, ou lui semble incongru, elle ne peut supposer à quelle passion ni à quel négoce cela a correspondu pendant si longtemps, la bibliophilie, le terme doit lui sembler inconvenant, plus proche à ses oreilles de la pédophilie que d'une activité noble, l'était-elle tant que ça, d'ailleurs, avec sa logique d'embaumement et de poussière ?

Je regarde dans le vide tout en parlant, les souvenirs remontent. Un hiver de mon enfance, les premiers petits volumes à couverture rouge, le personnage s'appelait Jacques Rogy, une sorte de détective, j'ai lu cela vers sept ou huit ans, à l'occasion d'une grippe, ma mère me l'avait rapporté des courses, elle était passée dans une librairie, mais qui se souvient aujourd'hui des librairies, et j'avais alors découvert le plaisir de tourner les pages, haletant, les yeux fiévreux, le corps courbaturé. Lors d'une autre grippe, beaucoup plus tard, seul dans la froidure d'une maison isolée dans la campagne anglaise, j'avais dévoré *Guerre et Paix*, dans une banale édition de poche. La maladie convient aux grandes fresques, et j'avais autant de fièvre sans doute lorsque j'avais enchaîné à toute allure les *Thibault* dans la même solitude d'une chambre, encore l'hiver, tandis que *La Recherche du temps perdu* ce fut en été, l'heureuse convalescence d'un accident triste, dans l'indolence des fenêtres ouvertes et des bruits lointains, car ça peut être important, le bruit, celui qui n'interrompt pas, il peut aller jusqu'à interférer en douceur, par une curieuse coïncidence, comme lorsque lisant *Le Bruit et la Fureur* sur une pelouse de maison de campagne par une douce journée de juin les cris et paroles des voisins me semblaient sortir du livre dans un étrange effet de surimpression ou d'écho.

Elle ne m'écoute plus, sans bouger toutefois de sa chaise, la pénombre gagne progressivement la grande salle. J'aimerais lui parler de *La Beauté sur la terre*, mon livre préféré de Ramuz, probablement parce que je n'aime pas la montagne, ou de Hermann Hesse lu intégralement à l'adolescence, et qui allait disparaître de mon monde intérieur par la suite, sans que je sache bien pourquoi, ou de Kerouac, de Steinbeck, toujours l'adolescence, et Claude Simon, et *Paradiso* de Lezama Lima, et Carlos Drummond de Andrade, et une édition de Lautréamont chez GLM en 1938, avec de très belles illustrations d'artistes surréalistes, ou une sélection de poèmes de Hölderlin par Pierre Jean Jouve avec la collaboration de Pierre Klossowski chez J. O. Fourcade en 1930. Finalement, je lui cite quelques vers de Borges, à voix très basse pour ménager mon souffle, pas des vers, des phrases, des débris. « Le temps connut un jour qui ferma les derniers yeux qui virent Jésus-Christ. La bataille de Junin et l'amour d'Hélène moururent avec la mort d'un homme. Qu'est-ce qui mourra avec moi quand je mourrai ? Quelle forme pathétique ou périssable le monde perdra-t-il ? La voix de Macedonio Fernández, l'image d'un cheval roux dans le terrain vague entre les rues Serrano et Charcas, une barre de soufre dans le tiroir d'un bureau d'acajou ? » Je sens son regard fixé avec la plus grande attention sur mon visage, sans voir ses yeux pour autant, l'obscurité enveloppe tout, seule une pâle lueur lunaire filtre à travers les vitrages. Les gens qui partaient à mon arrivée ont été les derniers à pouvoir sortir, depuis les portes automatiques sont bloquées, on dit que le problème toucherait tout le quartier, que la ville entière serait paralysée. Il y a malgré tout une résignation, plus forte que l'angoisse. Les gens attendent, parlent à voix basse. Quelle forme pathétique disparaîtra-t-elle avec moi ? De quoi serai-je le dernier témoin direct ? Il y a beaucoup de vieillards, à travers la planète, et l'information circule si vite, témoignages, souvenirs, journaux intimes, il est devenu très improbable de pouvoir situer les moments précis des extinctions de mémoire. Peut-être le bruit sec et sonore d'un fer lâché par le maréchal-ferrant pour porter secours à une femme gigotant par terre, victime d'une crise d'épilepsie, devant moi, petit garçon médusé, incapable de la moindre réaction, il lui tenait la tête d'une main ferme, pour qu'elle n'aille pas se cogner contre le sol, l'écume jaillissait de la bouche, une écume blanche bientôt veinée de rouge, et tout à coup le corps étendu avait retrouvé son calme, paisible, fatigué, j'étais rentré chez moi, sans rien dire à personne. Il n'y a plus de maréchal-ferrant. L'épilepsie redevient plus fréquente, paraît-il.

Ce qu'on oublie de souligner, dis-je à la femme en murmurant presque, nous sommes très proches l'un de l'autre, je pourrais lui parler dans l'oreille, c'est qu'une bibliothèque est autant sinon davantage faite des livres qu'on n'a pas lus, que de ceux déjà lus, je hoche la tête pour appuyer ma conviction, tous ces volumes qu'on a peut-être ouverts, dont on a picoré un morceau ou l'autre, mais qu'on se réserve pour plus tard, pour l'avenir, je souris, parler d'avenir à une jeune femme, moi le vieillard dont le compte à rebours est commencé depuis longtemps, ils sont très importants ces livres pas lus, et forment une précieuse compagnie, un horizon qui aimante, une assurance de vie future, ils attendent, leur tour peut venir à tout moment, ils font partie de vous, c'est parfois une œuvre entière, plusieurs gros volumes, un monde à conquérir, plus tard, comme c'est beau de pouvoir se dire plus tard, oui, plus tard… J'ai cru un moment qu'elle s'était endormie, mais non, elle croise les bras sur sa poitrine en posant chacune des mains sur l'épaule opposée, pour se réchauffer, ou se ressaisir. Quel âge avez-vous ? me demande-t-elle doucement. Cent trois ans. C'est beaucoup. Oui, c'est beaucoup. Elle secoue les épaules, se gratte les cheveux au-dessus de la frange en baissant la tête. Vous n'avez pas peur ? demande-t-elle encore. Je ne réponds pas. J'ai la gorge sèche, d'avoir trop raconté.

De nouvelles rumeurs circulent dans la bibliothèque. Le pays entier serait figé dans une panne générale. Comment donc de tels bruits peuvent-ils parvenir jusqu'ici, alors que tout est bloqué, fermé ? On distingue un va-et-vient des portes de service, des secours semblent s'organiser, la responsable de l'accueil et un employé qui n'était pas dans la salle jusqu'ici parcourent les rangées et distribuent des couvertures de survie, c'est vrai qu'il fait froid, très froid tout à coup, la climatisation s'est arrêtée depuis plusieurs heures. On propose aussi des bouteilles d'eau, mais quand mon tour arrive, il n'y en a plus, il faut patienter, le temps d'aller chercher de nouvelles provisions. J'ai soif.

Tout semble nous destiner à passer la nuit dans cette grande salle tout à fait sombre, la lune s'est voilée, on ne distingue que des silhouettes noires, certaines personnes voudraient s'allonger sur les tables de travail, les gardiens protestent, cela risque d'endommager les écrans.

La jeune femme, après un moment de panique, finit par le prendre à la rigolade ou presque. Elle dit que ce sont des moments comme celui-ci qui créent les pics démographiques. Ce qui la fait sourire. Un homme vient lui proposer à manger, une pomme me semble-t-il, il lui indique qu'il a trouvé un endroit tranquille et relativement protégé, mais elle refuse, je suis avec mon père, dit-elle, nous sommes bien ici.

Elle enlève ses chaussures et pose la couverture sur son corps à même le sol. Elle me souhaite une bonne nuit, avec une voix tendre et complice, et me passe la paume gauche sur le revers de la main droite, comme pour m'apaiser, ou m'encourager peut-être. Je ne réussirai pas à dormir. Je le sais, c'est couru d'avance, drôle d'expression à mon âge. Il me faut la compagnie de quelques livres pour m'endormir, ne serait-ce qu'un seul, sur le chevet, comme parfois dans des chambres de vacances, on ne peut pas toujours être entouré d'une bibliothèque. Jamais de ma vie je n'ai dormi sans un livre à portée de main. J'ai envie d'une cigarette. Je lui demande comment elle s'appelle. Louise, répond-elle. Si j'avais eu une fille je l'aurais baptisée ainsi. Je n'ai pas eu de fille. Je n'ai pas eu d'enfant. Mes livres seront dispersés, plus personne ne s'y intéresse de nos jours. Je lui dis que je vais essayer de trouver un coin pour fumer une cigarette, elle a un sourire amusé, et elle me dit vous êtes vraiment d'un autre temps. À mon tour je souris, les détecteurs de fumée sont forcément en panne, il suffira que je m'isole, ils ne sentiront pas tout de suite l'odeur, une seule petite cigarette dans cet immense volume d'air et de vide. Et si le courant ne revenait plus ?

Table

Avant-propos 11
Flottement 13
Un fils 19
Hors-jeu 31
Fugue 47
Ne rien laisser 63
L'annonce 91
En mer 105
Corrections 123
Une panne 133

Réalisation : Nord Compo à Villeneuve-d'Ascq
Impression : Normandie Roto s.a.s. à Lonrai
Dépôt légal : avril 2011. N° 2102 (11-1168)
Imprimé en France